WEEK-END DE CHASSE
À LA MÈRE

« Quel est ton animal préféré ? » a demandé Eugenio pendant qu'on marchait dans la nuit. C'était l'avant-veille de Noël.

Il y a Nouk, la mère.

Et Eugenio, le fils qu'elle élève seule, dans un minuscule appartement aux rideaux rouges.

Elle s'inquiète. Peut-on survivre aux fêtes de fin d'année ? En attendant, il neige sur Paris, sur les clochards et les gens des beaux quartiers. Il neige sur les statues du jardin du Luxembourg. La mère et l'enfant se tiennent par la main, ils marchent dans les rues, tout au long de cette histoire magique, déchirante, follement drôle.

En chemin, ils rencontrent Adam et Ève, Anton Tchekhov, un fleuriste, un chauffeur de taxi, des tortues vieilles comme le monde. S'ils triomphent des obstacles semés sur la route, il leur reste à affronter le pire : l'implacable bonté de ceux qui ont décidé de faire leur bonheur.

Avec ce roman très moderne où la vie intime se voit constamment menacée par l'intrusion du monde extérieur, Geneviève Brisac semble nous inviter à un retournement. Comme l'artiste qui, parce qu'il porte en lui un « gène d'irréalité », transmue en beauté le matériau brut de la vie.

Geneviève Brisac a écrit trois autres romans, parmi lesquels Petite *(1994), un essai consacré à Flannery O'Connor et des livres pour enfants. Elle collabore aux pages littéraires du* Monde.

Les Filles
Gallimard, 1987

Madame Placard
Gallimard, 1989

Loin du Paradis, Flannery O'Connor
Gallimard, « L'Un et l'Autre », 1991

Petite
Éditions de l'Olivier, 1994
et « Points », n° P 187

Geneviève Brisac

WEEK-END DE CHASSE À LA MÈRE

ROMAN

Éditions de l'Olivier

TEXTE INTÉGRAL

ISBN 2-02-033295-7
(ISBN 2-87929-096-1, 1ʳᵉ publication)

© 1996, Éditions de l'Olivier / Le Seuil

1

« Quel est ton animal préféré ? » a demandé Eugenio pendant qu'on marchait dans la nuit. C'était l'avant-veille de Noël.

J'ai dit : « Koala, écureuil, loutre. Koala pour le geste des pattes autour du tronc de l'eucalyptus, et pour le voisinage du kangourou. Écureuil pour les noisettes. Quelle douceur dans l'offrande d'une noisette, comme je dis toujours. Loutre, je ne sais pas. À cause de la sonorité assez moche et touchante de son nom. À cause de l'eau. »

Je mentais. Je voyais plutôt un animal du genre tatou.

Eugenio avait glissé son bras dans la petite anse invisible que forment mon corps et mon bras. Il avait l'air anxieux :

« Crois-tu que la reine Élisabeth a eu une vie heureuse ? » a-t-il murmuré.

J'ai eu au bord des lèvres une riposte mesquine :

Qui t'a parlé de cette momie à chapeau ? C'est encore ton père qui t'a parlé d'elle ! J'ai dit :

« Assez heureuse, je crois, mais elle a été déçue par ses enfants. »

C'était une méchanceté gratuite d'avoir mis sur le tapis ces mots ensemble : *déçue* et *enfants*, et Eugenio s'est ratatiné.

J'ai eu honte.

« Il faut qu'on se dégrouille, a dit Eugenio. On est en retard, maman, dégrouille-toi !

— Ce verbe est vraiment immonde et la reine Élisabeth ne le dirait certainement pas ! » lui répondis-je.

La reine Élisabeth est notre idole, notre tête de Turc, notre sphinx et notre bouc émissaire.

« Elle n'a pas eu une vie heureuse, dis-je finalement, parce qu'elle ne le souhaitait pas tellement. »

Cette dignité le laisse rêveur. Cela me rappelle, moi, de fil en aiguille, une autre reine qui avait craqué l'élastique de sa culotte et mourut, pour cette raison, mourut de froid sous la neige, car elle refusa de se lever du banc de pierre où elle avait réfugié sa dignité menacée. Je raconte cette histoire : mourir de froid sur un banc de pierre glacial est le comble de la dignité, remarqué-je, fière soudain de ma tentative pédagogique. Mais Eugenio ricane : « Le romantisme t'aveugle une fois de plus, maman. Ce n'est pas du tout cela, l'histoire. La reine hurla et tempêta, et l'on fit venir dix hommes, parmi les plus forts du royaume, qui arrachèrent le banc de pierre et le transportèrent au palais, suant et soufflant comme on imagine, pour que personne, jamais, ne puisse murmurer : la reine a perdu sa culotte. Et c'est cela, vois-tu, le comble de la dignité. »

Eugenio est plus proche de la psychologie royale que moi. J'ai sorti ma clé et son porte-clés Marge Simpson. Marge Simpson, si tendre avec son chignon bleu immortel. Dans le hall de l'immeuble, on entend le chant des oiseaux, un chant trillé.

La cage d'escalier résonne de leurs vocalises, car ils sont installés au bas des marches, à la place habituelle des poussettes d'enfants. Chaque fois que nous passons devant leur cage immense aux arabesques confondantes, je ne peux m'empêcher de dire : « Tu entends, Eugenio, cette musique des anges ? » Et chaque jour, son minuscule agacement me remet à ma place. Tout comme chaque matin je lui dis, en l'emmenant à l'école : « Regarde cette maison, c'est la plus belle de Paris. Elle est très blanche, et très lisse, avec une cour-jardin sur son flanc, des graviers et de petits massifs de roses cachés à demi par la grille opaque et verte. Elle a de si hautes fenêtres qu'on dirait un visage au front immense, aux yeux rectangles. »

Eugenio me répond : « Tu dis toujours la même chose : regarde, écoute, regarde, écoute.

Laisse mes yeux et laisse mes oreilles », dit Eugenio sérieusement.

Tandis que nous montons l'escalier, moi devant et lui agrippé à mes basques, en souvenir du temps encore proche où je le montais dans mes bras, au mépris de toute recommandation, par défi au corps médical tout entier, par pure stupidité, je me souviens de ce qu'il m'a dit juste avant : « Dégrouille-toi, maman, nous sommes en retard.

— On est en retard pour qui, lui demandé-je avec méfiance, et ça le fait rire.

— C'était juste un truc pour te faire avancer, murmure-t-il, un peu effrayé par son insolence, tu dis toujours qu'il n'y a d'éducation que par l'exemple. On est en retard, c'est la phrase que tu répètes le plus souvent. » Il imite ma grimace, cou tendu, maxillaires contractés, front froissé d'inquiétude : « On est en retard, dépêche-toi, mon chéri !

— Mais je ne fais pas ça quand c'est les vacances !

— Moi, si ! répond Eugenio. C'est bientôt Noël, maman. Faut qu'on se dégrouille. Où on va aller, dis, on va pas rester là à s'embêter tous les deux ? Les autres ont des familles qu'ils aiment, nous, qu'est-ce qu'on va devenir ? »

« Au fait alors, on mange quoi ? » dis-je.

Une voix nette au fond du divan suggère :
« McDo ? »

« Un McDo que je vais te chercher, ou un McDo
qu'on va manger tous les deux là-bas en amoureux ? »
Le prince des Nuées hésite, un peu surpris de tant
de mansuétude.

« Que tu vas chercher », conclut-il, après mûre
réflexion. Et mon cœur se serre. D'accord, mon
chéri. Un McDo à quoi ?

Avant de redescendre, je tire les rideaux que j'ai
fini par installer dans notre pièce commune,
rouge sang, très lourds et solennels. Ils me rappellent le temps où je travaillais au théâtre, ils sont là
pour ça, pour me rappeler mes démissions. Je
regarde la rue étroite où nous habitons. La nuit
noire d'hiver est différente pour chaque fenêtre,
me dis-je. Dans la pièce et demie où nous vivons
avec Eugenio depuis deux ans, il y en a deux.
Juste en face de nous, incrusté dans le mur d'en
face, il y a une sorte de petit tableau, que je
n'avais jamais vu avant, un tableau vert, éclairé
par un minuscule projecteur. Il semble représen-
ter un paysage, des rochers sans doute, et un lac. On
ne distingue bien que des reflets argent. Il fait
penser à la ville qui ne sort de l'eau qu'une fois
tous les cent ans.

Le restaurant McDonald du boulevard est à moitié vide. Près de la porte, à gauche en entrant, il y a Violette. C'est le nom que je lui ai donné, parce qu'elle est une femme tranquille. Violette me raconte des choses de temps à autre, elle vient ici pour ça, bavarder un peu. Elle apporte sa boîte en plastique opaque, dans laquelle il y a une bouillasse, hérissée de petites arêtes. Je ne lui demande jamais ce qu'elle mange, nous parlons de nos enfants et de la vie. Ce soir, elle a fini son repas, elle nettoie et marmonne, ramasse une vingtaine de pailles qu'elle enfourne dans son grand sac, où elles vont rejoindre des pochons en plastique qui crissent quand elle marche. L'existence de Violette, loin de me peiner, me rassure. C'est à cause de ses gestes gracieux, et parce qu'elle n'est pas triste, bien qu'elle soit vieille, pauvre, et seule.

Plus loin dans la salle aux reflets orange, à moitié caché par le pilier central, j'ai aperçu le visage pensif et gai du clochard qui mendie toute la journée à quelques mètres du McDo. Il vit complètement là, y dort et mange deux fois par jour, à heures fixes, à la même table. C'est un pensionnaire, il attache sa serviette en papier autour de son cou.

J'ai remonté le McDo à mon fils avec une grande frite, une sauce chinoise et une paille.

« Pose tout cela à mes pieds, esclave », a-t-il dit.

Je n'avais pas encore ôté mon manteau. Les larmes qui m'ont piqué les yeux à ce moment-là, je ne peux pas en faire grand-chose, ni m'en vanter, pas plus que de la gifle qui a atterri sur son crâne de hérisson. Les frites ont valsé.

« Tu gâches toujours tout ! ai-je crié.

— Mais c'était juste une blague, maman, a-t-il bafouillé. T'as vraiment aucun humour, tu penses qu'à toi et tu fais semblant de penser à tout le monde, mais ça ne marche pas et c'est pour ça que t'es toute seule, qu'on est là tous les deux comme des rats morts. »

J'ai voulu m'approcher, toucher son bras. Je pensais à ces mères que leurs enfants frappent, et dont tout le monde murmure :

« C'est bien fait pour elles. À tant gâter les enfants, on en fait des monstres. »

« À ne pas les gâter, on en fait des infirmes », sifflait une autre voix.

Eugenio ne m'a pas frappée, il s'est blotti au creux de mon épaule, j'ai compris qu'il pleurait. On a regardé *Sauvés par le gong*.

« T'inquiète pas pour Noël, lui ai-je murmuré, j'ai tout prévu, c'est une surprise, et elle te plaira. »

Je lui ai dit cela en éteignant la lumière, je suis

restée ensuite à le regarder s'endormir. Il ne faut pas le faire, le médecin me le répète à chaque fois.

Il n'y a que les mères mortes, me surprends-je à songer parfois, celles-là ne font pas de mal, elles sont les plus douces et les plus parfaites.

La vérité, c'est que je regarde mon fils s'endormir pour la beauté de ce moment silencieux, cette seconde où tout bascule. Je le regarde s'endormir, je prends ce temps de ma vie, comme je prends celui de regarder les fleurs. Je le fais, et j'essaie de comprendre.

Plus que deux jours avant Noël, me suis-je chantonné avec étonnement avant de dormir. Comment passerons-nous le cap encore une fois ?

Quand nous nous sommes levés, le matin, il n'y avait aucun bruit, nulle part, la rue était vide, et la ville peut-être aussi.

« Achète-moi des oiseaux, a murmuré Eugenio, en touillant dans son bol quelque chose d'innommable.

— Mais il y a les canaris de l'immeuble, lui ai-je répondu.

— Des oiseaux à moi, dont je m'occuperais, et qui auraient des noms, a-t-il argumenté. D'ailleurs, ceux de la maison, on ne les entend plus, ils sont sûrement morts de froid, cette nuit. »

Tant de mauvaise foi, de cruauté aussi, m'ont fait sourire.

« Allez, achète-moi un oiseau », a-t-il répété, galvanisé par les céréales et la paix provisoire qu'on pouvait lire sur mon visage. Et nous sommes partis.

« C'est le jour le plus court, le plus moche et le plus froid du monde, a dit Eugenio avec une satisfaction évidente. Et où on va aller passer Noël, hein, toi qui es si maligne ? C'est demain, maintenant, et je vois bien que tu n'as pas la moindre idée d'où on peut aller. Personne ne nous attend, pas de cadeaux, pas de cheminée pour le pauvre Eugenio, tu vois maman, pourquoi t'as divorcé ? »

Je ne suis pas sûre qu'il ait dit la dernière phrase. Pas vraiment. C'est moi qui l'ai entendue, c'était comme une chanson, une petite chanson maudite qui nous accompagne partout.

Nous marchions la tête bien rentrée dans les épaules, à cause des rafales de vent à chaque coin de rue. Rue Dauphine, près de la Seine, Eugenio a vu un magasin de jouets, et nous sommes entrés. C'était un couloir noir plutôt qu'un magasin — j'imaginais l'odeur de bois, de vernis, d'ambre et d'Angleterre qui imprègne ce genre d'endroit. J'ai toujours pensé, sans même le formuler, que les magasins de jouets sont les antichambres d'autres mondes, et les jouets, des signes, des indices, des trompe-l'œil aussi. Sans le vouloir, ni même m'en rendre compte, j'ai transmis cette petite religion à mon enfant. Nos autels, ce sont les vitrines qui ornent les grands magasins dès le 15 novembre. Les ours en peluche qui dansent et enfournent des tartes aux myrtilles dans de minuscules cuisinières dorées, pendant qu'une cohorte de lapines en robes de mousseline bleue pâle ou jaune font des pas de polka, et agitent de petits bouquets, sur fond de musique de Noël, sont les petits dieux de ce culte inoffensif.

L'odeur du magasin de la rue Dauphine était pleine de promesses. Je veux dire qu'elle était un mélange rassurant d'odeur de poussière, de cire, de miettes de gâteau, de bois verni, de vieux papier peint, d'encre et de miel et j'ai nourri l'espoir d'avoir trouvé l'entrée du monde, comme je la nomme secrètement. À la caisse, une femme parlait dans un téléphone portable du menu de réveillon. Eugenio s'est assis par terre, il soupesait des œufs à kaléidoscope caché, déballait des jeux de tarots, tâtait des figurines en carton aux articulations de pantin, les mains pleines de boules de couleur aux destinations innombrables car la boule et la carte sont les deux piliers du jeu, essayait un vieux jeu de grenouille rouillé installé à même le plancher, équipé de palets de nacre épais comme de grosses huîtres. Les grenouilles étaient bouleversantes. C'était déchirant de les laisser là.

« Non, ai-je dit à Eugenio, c'est trop petit chez nous, il y a déjà le flipper, les tortues, le château fort avec douves et chemin de ronde en papier mâché, le palais d'Haroun al-Rachid en Lego, l'éléphant automate qui fume la pipe, notre King-Kong à taille d'enfant, le ping-pong pour nains et sept mille autres objets inévitables, attendons des jours meilleurs. On ne sait déjà pas où mettre les oiseaux. On ne les a même pas encore achetés, les oiseaux. »

Je m'étais mise à parler trop fort. La femme a senti que nous étions des parasites, de cette race pénible qui se croit tout permis, même de jouer avec des choses à vendre, ou de faire du bruit dans un magasin de jouets. Elle a raccroché, et, terrorisés en vérité au fond de notre cœur comme des moineaux, nous sommes sortis.

« Tu as entendu ce qu'elle disait à sa mère, la manière dont elle lui parlait », ai-je dit à mon fils, pour meubler notre fuite. Il m'a regardée avec un mépris infini :

« Comment peux-tu savoir que c'était sa mère ?

Quand j'écrirai mes Mémoires, ça s'appellera *Fils de concierge* ! a-t-il articulé d'un air sombre.

— Comme ça, tu as déjà le titre », ai-je rétorqué.

Je lui ai raconté l'histoire de la mère de Charlie Chaplin. Nous marchions de nouveau, serrés l'un contre l'autre, et il n'y avait personne dans les rues. C'est en traversant le pont que je lui ai raconté l'histoire. J'en ai oublié de lui recommander de regarder l'eau grise, et l'arbre mort qu'on aperçoit juste en face, tout seul au bord du quai d'en bas.

« Ils vivaient à Londres, ai-je expliqué, le père, on ne sait pas où il était. Dans un quartier très pauvre. C'était vraiment la misère. Mais la mère de Charlot était une femme exceptionnelle. Elle se mettait à la fenêtre et elle lui racontait la rue, tout ce qui se passait dans la rue, ce qui se passait dans la tête des gens de la rue, leurs secrets, leur musique, elle disait : "Tu vois, regarde, l'homme en bas, oui, celui-là, un pied dans le caniveau, tu te demandes ce qu'il fait là, pourquoi il est dehors dans le froid ? Tu me demandes pourquoi ? Eh bien, c'est sa femme qui l'a mis dehors, et sans dîner en plus, mais ce sont des histoires trop tristes pour un enfant, elle l'a mis dehors, et elle a bien fait. Il est embêté, et affamé, tu vas voir, tiens, regarde, il entre dans la boulangerie, il va s'acheter un croissant ", et il ressortait avec un croissant, pas un pain au chocolat, non, un croissant. La mère de Charlie Chaplin savait ce genre de choses, elle était un peu folle, les nerfs malades, on l'a mise finalement à l'asile, ou peut-être à l'hôpital, mais elle savait observer, et ce don, elle l'a donné à son fils, elle lui a appris à voir.

— Ce qui m'étonne, dit Eugenio, c'est qu'ils n'ont jamais eu de croissants en Angleterre. »

Il m'a semblé mélancolique. Son nez rouge et ses yeux enfoncés dans sa figure par le froid n'arrangeaient rien. Nous approchions des oiseaux, tout devait être parfait, un moment de bonheur parfait, une mère et son fils, la veille de Noël. Je me retenais de demander à Eugenio ce qui le rendait si sombre, je me retenais de l'attaquer. J'ai pensé aux premières secondes de sa vie sur terre, pourquoi n'as-tu pas une plus grande bouche, mon bébé, m'étais-je dit, tandis qu'on l'agitait, la tête en bas, devant ma figure hagarde d'accouchée. J'ai toujours supposé que les chances de bonheur augmentaient avec la taille de la bouche, et mon nouveau bébé n'était pas gâté. Minuscule cerise invraisemblable. C'est peut-être pour cela que je l'ai tout de suite trop aimé. C'est peut-être pour cela que son nom secret est Lioubov, ce qui, tout le monde le sait, veut dire *amour*.

2

La place du Châtelet était vide, et le quai désert.
« J'ai bien peur que le magasin d'oiseaux ne soit
fermé », ai-je dit à Eugenio. Il était onze heures du
matin.

Nous marchions au milieu de ficus à moitié gelés
et d'une armée de sapins de toutes tailles, semblables à des humains, frappants de diversité.

« Comment on fait pour choisir ? a murmuré
Eugenio.

— Pour choisir quoi ? ai-je répliqué aussi bas
que lui.

— Ben, les animaux ! »

Cela m'a plu qu'il nomme « animaux » des
oiseaux.

J'ai dit : « L'important, c'est de choisir la boutique. »

Elles étaient toutes pareilles. Pourtant, nous ne
sommes pas entrés dans la première, un piège à
touristes, ni dans la seconde, trop sale, ni dans celle

d'après, fermée par un grillage considérable, et au fond de laquelle on entendait gémir des bêtes. Il a fallu fuir un couloir sombre parce qu'il sentait la hyène. (Chacun sent ce que je veux dire, c'est ce qui est triste pour les hyènes, tout le monde sait combien elles sont ignobles, combien elles puent, alors que les girafes, qui sont adorées du monde entier, puent encore plus, et ne sont pas meilleures.)

Nous sommes entrés chez Papageno. C'était le nom du magasin : « Papageno, oiseleur, pépiniériste, animaux de compagnie en tout genre. »

Papagena s'est avancée vers nous. Elle ressemblait à une ogresse rouge, avec de petits cheveux collés au front, un bonnet de laine, des bottes en caoutchouc anciennement blanches, un gilet genre serpillière marron très épaisse, des mains d'étrangleur aux phalanges spatulées, et une blouse de boucher. Eugenio a demandé à voir les canaris.

Il a fallu passer devant des dizaines de cages vides. Celles que je préfère, ce sont les cages exotiques qui ressemblent à des mosquées. Parfois, elles atteignent la dimension d'une pièce. J'avais l'impression qu'une sorte d'exode avait eu lieu, l'hallucination de perchoirs encore animés d'un léger balancement. Eugenio me tirait par la main, visiblement soucieux. « Arrête de me tirer », maugréai-je. Et j'ai renoncé à attirer son attention sur le pigeon mort qui traînait dans un coin, renoncé provisoirement à lui faire verser une larme pieuse sur « notrepigeon », celui qui est venu mourir sur le balcon, l'été dernier, comme s'il avait choisi notre compagnie, et Eugenio avait été frappé par sa fatigue et sa tristesse, son dernier souffle de pigeon, ses petites pattes raidies le matin où on l'a retrouvé sur le dos, n'en parlons plus.

Je ne lui ai rien dit de la mouette inquiétante qui marchait de long en large de cet air de commissaire que peuvent prendre les mouettes.

Dans le deuxième magasin, il y avait plus de monde, à cause des bébés chiens.

« Je peux en prendre un dans mes bras ? a supplié mon fils, la phrase de n'importe quel enfant, me semble-t-il.

— C'est sûrement interdit, ai-je répliqué, hésitante. Ou alors, disons qu'on voudrait en acheter un », ai-je ajouté, emportée brutalement par mon désir de braver la loi.

Eugenio a essayé tous les chiots, sous l'œil torve d'une esclave de Papageno. Il est tombé amoureux d'un bébé cocker, d'un caniche et encore d'une autre sorte de boule de poils. « Il faut tous les sauver, me répétait-il, tu te rends compte de l'enfance qu'ils ont !

— Je te signale que ce sont des chiens », ai-je dit.

Je lui ai épargné la complainte de ceux qui aime-
raient qu'un sentimentalisme dégoulinant ne se
déverse pas sur nous sans discontinuer, mélangeant
les êtres humains et les bébés phoques, la douleur
muette du crabe ébouillanté et la tragédie des Tut-
sis.

J'ai dit : « On reviendra la nuit ouvrir leurs
cages, mon chéri. »

Il a dit : « D'accord. »

Et avec un sourire qui me récompensait de bien
des choses, il s'est tourné vers la vendeuse. « Finalement, nous prendrons deux canaris. »

Papagena s'est empressée : « Deux canaris, deux ! »

« Un mâle et une femelle, a insinué Eugenio, tu
es d'accord, maman, il faut qu'ils soient heureux.
Aussi heureux que les canaris de l'escalier. Peut-être
deviendront-ils amis ? » C'était évidemment dans
l'espoir de voir pondre ses horribles volatiles
qu'Eugenio évoquait leur bonheur. J'ai dit : « En
route pour la volière, des millions de canaris de
toutes les couleurs, aux plumes soyeuses, un chant
divin de canaris, je revendrai la mini-chaîne, on
écoutera nos oiseaux. Il paraît qu'ils doivent chan-
ter le bec fermé. Certains peuvent mourir de s'être
surpassés.

— Excuse-moi, je crois que tu confonds avec les
cygnes », a dit Eugenio, agacé par mon lyrisme.

Adam et Ève, nos futurs canaris : Adam, le plus

gros, et Ève, la plus petite, à ce qu'a dit la vendeuse, et cela nous a paru logique, mais pour tous deux, plumage blanc immaculé et bec impeccablement jaune et clos, étaient maintenant emballés, chacun sous une petite cloche de plastique, il manquait encore la cage et les accessoires.

« En tout cas, ça leur fait un joyeux Noël, a déclaré Eugenio avec satisfaction. Dommage qu'on ne puisse pas en sauver plus.

— Cela s'appelle acheter et non sauver ! » ai-je noté, en l'entraînant vers le rayon fournitures. Les cages, innombrables, ressemblaient à des HLM. On ne sait plus qui copie qui, me suis-je dit. Le même perchoir, la même mangeoire, répétés à l'infini. On a pris une taille deux.

« Il y en a peut-être de plus jolies aux Puces, ai-je claironné pour narguer la vendeuse. Des cages de Mille et Une Nuits, des cages aux bulbes dorés, ornées de balancelles et décorées de frises, j'en ai vu chez ma cousine, cela ressemblerait tout de suite à un rêve, et nos oiseaux se prendraient pour des rossignols.

— Les cages sont désinfectées tous les vendredis ! » a-t-elle répliqué d'un air fâché.

« Tu crois qu'elle est sourde ou qu'elle est bête ? » a soufflé mon fils.

Nous commencions à être chargés : la cloche d'Adam dans une main et celle d'Ève dans l'autre,

la cage entortillée dans un papier journal légèrement malodorant accrochée au bras d'Eugenio, les
graines variées, et le petit jouet pour qu'ils s'habi-
tuent à leur nouvelle vie posés sur la caisse, j'ai rempli un chèque et j'ai eu soudain hâte que cela soit
fini.

« J'ai faim », a dit Eugenio.

Je n'ai pas pu le gifler à cause des paquets, et
nous sommes repartis en silence. C'est ainsi que se
terminent les plus belles expéditions. Dans la
déception, l'amertume, et sur la banquette arrière
d'un taxi.

Eugenio était collé à la vitre de gauche et dessi-
nait des lapins sur la buée. Moi, j'étais figée, à l'ex-
trémité opposée de la banquette, la cage sur les
genoux. Adam et Ève gazouillaient par terre, apparemment ravis de leur voyage sous cloche. Le
chauffeur a dû trouver pesant le silence des
humains, et vexante la prédominance volatile. Il a
tenté sa chance auprès d'Eugenio :

« Alors, mon bonhomme, qu'est-ce que tu as
demandé pour Noël ?

— Je ne suis pas votre bonhomme », a grondé
mon fils, l'intransigeant.

« Vous conduisez depuis longtemps ? », ai-je dit,
ou quelque chose d'aussi ridicule. J'ai cru deviner
un petit rire sournois sur ma gauche. J'étais gênée.

Le chauffeur en a profité pour commencer l'histoire de sa vie. Trente ans au volant. « Je viens de trouver un trésor », a-t-il dit. J'essaie de retrouver la manière dont il a abordé la question. Eugenio s'était assoupi, la tête cassée sur le cou, posée sur mon épaule, un trésor, ça m'a paru important, mais naturel aussi.

« C'est parce que je fais des déménagements », a remarqué le chauffeur, en me regardant dans son rétroviseur. Avec ce système optique, on dirait que les mots ralentissent, rebondissent différemment, me suis-je dit. Et je l'ai fixé droit dans son regard focal. C'est une variante de la situation analytique, pensé-je souvent, quand les chauffeurs de taxi égrènent pour moi leur litanie de malheurs. Donald Winnicott discutait, dit-on, avec des prêtres de la différence éventuelle entre la cure et la confession. La cure, c'est quand vous vous ennuyez, a expliqué Winnicott au curé.

« On y va avec des copains, disait le chauffeur, tout à son affaire. On a la camionnette, mais le déménagement dont je vous parle, c'était particulier. Un client que je trimballe depuis des années, Paris-Châteauroux, Paris-Limoges, Paris-Concarneau, on a passé de sacrés moments ensemble, alors, quand il a dû quitter son manoir, il a fait appel à moi. " Ce sera comme te coucher sur mon testament ! " C'est ce qu'il a dit, le genre de phrase qui sent le sapin. »

Ce qui me plaisait dans son histoire, c'est qu'il ne parlait pas comme à la télévision. Il puisait plutôt son inspiration dans le vieux cinéma français. Un type qui dit d'un air sinistre et viril : « Ça sent le sapin » au milieu d'allées de sapins de Noël enguirlandés, rutilants, couverts de boules rouge et or, est un homme qui a une riche vie intérieure. Il a vérifié que je suivais toujours, petit coup d'œil discret dans le rétroviseur.

« Les propriétaires avaient dit : vous transportez les meubles, vous transportez les tableaux, tout ce qui est marqué, tout ce qui est précieux. Et puis ce qui reste, c'est pour vous, faut que ça disparaisse, c'est tout. Le grand nettoyage par le vide. Tout ce qu'on savait, c'est qu'il y avait du vin. Vous imaginez le tableau : des rangées de romanée-conti, des pommards, des sauternes, des lacrima-christi, des chasse-spleen, des gevrey-chambertin et tout le toutim. »

Je me suis dit : voici une forme sympathique de *name dropping*, la vantardise de cave. Encore qu'à trop haute dose... Eugenio, assommé par cette conversation, ronflait grossièrement.

« La cave, elle était encore mieux que ce qu'on avait imaginé, des centaines de bouteilles, plus terreuses les unes que les autres, allongées sur des dizaines de mètres de casiers. »

Dans un mouvement brusque de pudeur, celle qu'on éprouve à l'idée d'écouter des récits qui ne peuvent vous être destinés, j'ai songé à avouer que je ne bois presque jamais de vin. Comme on peut se sentir obligé de s'avouer agnostique, analphabète ou étranger. Mais cela aurait gâché son histoire et c'était trop tard de toute façon.

« Donc, on est remontés, avec chacun le plus de bouteilles possible dans les bras, on s'est attablés, on a versé le vin dans les timbales qu'on avait pour le casse-croûte. Et puis on a tous craché par terre ensemble, tellement c'était mauvais, ce vinaigre de grand cru. Vite, on a ouvert la romanée-conti. Vous avez déjà débouché une bouteille pareille ?

— Non, jamais, ai-je dit, acquise.

— C'était beau. Et puis là aussi, du vinaigre. Toutes les bouteilles. Ils nous avaient bien eus. Encore que j'ai du mal à croire qu'ils l'aient su, et qu'ils ne nous aient rien dit. Mais le plus fort... » Il a jeté un de ses regards de conteur dans le rétro-viseur, un rappel à l'ordre. Moi, je me demandais un peu pourquoi il avait cru à ce cadeau immense.

« Sous les bouteilles, on a senti un truc bizarre, j'ai creusé, y avait un genre de coffret, il a fallu forcer la serrure pleine de rouille et de terre. On tremblait tous comme des feuilles.

— Et alors ? » ai-je placé. C'était le moment. J'étais prête à voir des vers blancs jaillir à la figure du narrateur, à frémir devant des araignées poilues importées des tropiques.

« Vous aimez l'or ? a-t-il susurré, sibyllin.

— Oui. » C'était minable comme repartie, mais je n'en ai jamais réellement vu.

« Ben, c'en était. Des tas de pièces d'or. Et, si vous aimez ça, l'or, je peux vous dire que ça vous fait davantage d'effet qu'une fille de dix-huit ans nue dans votre lit. L'or, c'est mille fois mieux que l'amour.

— Non ?!? » Je ne savais pas quoi dire d'approprié, d'assez enthousiaste.

« Des vieilles pièces, plein de vieilles pièces, des napoléons d'avant Napoléon, psalmodiait-il, désormais indifférent, l'œil dans le vague.

— Des pièces anciennes ? ai-je placé, plutôt pour l'interrompre, et toujours aussi en verve.

— Ça vous fait rêver, hein ? Des louis, aussi. Elles sont toutes chez l'expert. Numismatique, vous connaissez ? Je continue le taxi, parce que c'est comme quand on gagne au Loto, il ne faut rien changer de sa vie. Regardez Bernard Tapie, il a changé de vie, et tout s'est écroulé. Et puis, ce sera pour ma fille. Elle en aura besoin. On ne sait pas dans quel monde vont vivre nos enfants.

— Qu'est-ce que tu as en réserve pour moi, au fait ? a dit une voix embrumée sur ma droite. À part ta bague, je veux dire. Ça ne me mènera pas loin ta bague.

— Mais si, tu verras, ai-je murmuré. Ne sois pas jaloux de n'importe quoi tout le temps. »

On était devant chez nous. J'ai félicité le chauffeur pour son trésor, il m'a redemandé de n'en parler à personne. Ça allait de soi. On est monté avec les paquets.

J'ai dû tout poser pour fouiller mes poches à la recherche d'une clé. Mon fils et mes oiseaux se sont instantanément retrouvés à l'intérieur, presque installés, Eugenio allongé en manteau, sa cage dans le creux du bras, devant le *Jeu des Mille Francs*. Andouille aux oreilles gelées, j'étais, moi, toujours scotchée au paillasson, à essayer de ramasser mes colis de la manière la plus rationnelle. Je ne renonce jamais à de minuscules séquences de taylorisme individuel, d'ergonomie domestique appliquée. Sinon le cerveau s'use.

Les canaris ont tout de suite eu l'air d'aimer la maison. Un petit air satisfait, au bord du chant, dirais-je.

« J'ai faim », a dit Eugenio. Mon cœur s'est serré.

« Une petite chasse à l'oiseau ? ai-je proposé avec esprit.

— Ils sont déjà prisonniers, espèce d'anthropophage, a-t-il répliqué avec une émotion plutôt contagieuse. Tu ne trouves pas qu'on devrait les laisser voler librement dans la maison ? »

Sans répondre, je me suis lancée dans le déballage et le rangement. Je considère que ce genre de choses doit être accompli avec une grande rapidité dès qu'on rentre. De même qu'il est nécessaire, selon moi, de défaire les valises dès la porte ouverte, sinon c'est la fin des haricots. Il faut le faire tout de suite, et il faut le faire vite. Faire place nette pour les choses importantes. Cela va avec faire son lit quand on se lève, débarrasser la table dès que le repas est fini, ne pas traîner en robe de chambre, se coiffer pour aller dans la rue, se maquiller les yeux avant de sortir. Je me suis souvent demandé à quelle conviction secrète obéissaient ces règles, à quel apaisement. J'appelle cela faire de sa vie une œuvre d'art, c'est le nom que je donne à mes manies, c'est le brevet de félicitations que je me décerne quand tout est à sa place, harmonieux, une jolie pièce, une table décorée d'un plat de fruits et d'une branche de lilas. Il me semble que je dois agir comme si, à tout instant, quelqu'un allait sonner à la porte ou, mieux, ne pas sonner et entrer. Pour cet inspecteur, pour ce vernissage, tout doit être, à tout instant, en ordre. Peut-être soulève-t-il le toit des maisons ? La place qu'il faut lui réserver, cette place mentale, correspond à l'assiette réservée au mendiant. Aussi bien faut-il avoir ses affaires en ordre au jour de sa mort, qui peut être n'importe quand. Mais trêve de justifications. La cage, ses habitants et leurs accessoires en place, le spectacle continue.

« Eh, maman, j'ai faim ! serinait la voix dans la pièce à côté. Maman, il est presque deux heures et demie, j'ai faim, moi ! »

La sueur a de nouveau trempé mon front. Comme si on allait me retirer Eugenio pour incapacité maternelle, comme s'il allait courir me dénoncer je ne sais où.

« Qu'est-ce que tu veux manger ? » ai-je crié d'une voix ferme. Ce genre de conversation exige que l'on crie, c'est paradoxalement plus intime, et cela donne l'impression d'avoir un grand appartement. « Riz à la tomate ? »

Je lui ai apporté un plateau devant *La Petite Maison dans la Prairie*.

J'ai légèrement augmenté le chauffage et je me suis assise derrière lui.

« J'adore quand tu fais le fauteuil, maman », a-t-il déclaré en s'adossant contre mon ventre. C'était un épisode pathétique, avec un vieux qui récitait la Déclaration des droits de l'homme. Les oiseaux s'étaient installés chacun sur un barreau, on était bien. J'ai commencé à expliquer à Eugenio le plan de bataille pour les heures et les jours à venir. Il n'écoutait pas, à cause du type qui continuait à exalter les mérites de l'égalité de tous les hommes. La Justice, le souci de l'Autre.

Je le faisais un peu exprès de mal choisir mon moment pour lui parler, ce défaut bien connu des femmes et donc des mères. Un peu exprès, pas complètement, non, pas complètement. J'adore regarder la télévision avec mon fils, mais je ne peux pas me concentrer, je pense à autre chose, je lui parle, il n'écoute pas, je perds patience, je crie, il crie, je m'en vais en claquant notre unique porte, et ainsi se termine notre lune de miel.

« C'est parce que tu redoutes le climat fusionnel que cherche à instaurer cet enfant », m'a dit Martha, qui est radiologue dentaire et mon amie depuis le lycée.

Elle a sûrement raison, c'est ce que j'apprécie chez elle, ce courage d'avoir raison, de connaître la réponse. Ces œillères de la raison.

Il fallait prévenir Eugenio que j'allais dîner avec Martha, elle m'avait convoquée d'urgence.

« Eugenio, je dîne avec Martha, ai-je répété, après avoir proposé une balade au jardin vers quatre heures, et après on verra. » Le nom de Martha a rempli l'air de la pièce, l'a saturé et fait pourrir.

« Et moi, qu'est-ce que je deviens ? a dit mon enfant abandonné. Je suis tout le temps tout seul. Même la veille de Noël, tu me laisses. Pourquoi la préfères-tu ? Elle est méchante, elle te fait pleurer, tu ne peux pas la voir à un autre moment ? »

Cette diatribe m'a serré le cœur et fait sourire. Martha m'aurait tenu le même discours, à sa manière. Il me semble l'entendre :

« Pourquoi choisis-tu toujours ton fils contre moi ? Il te fait pleurer, te rend la vie impossible, te séquestre mentalement, ce petit pacha égoïste. Un jour, il s'en ira sans te dire merci, ni même au revoir. Je ne serai peut-être plus là pour dîner avec toi. Ça ne lui fait aucun bien, tu le sais, tout cet amour, ce sacrifice et cet amour. »

« Je vais dormir un peu, ai-je dit à Eugenio. La sieste est le secret d'une longue vie. Tu me réveilles pour aller au jardin. »

Je me suis blottie, creusant une sorte de trou rond au milieu du lit. Les oiseaux chantaient en se balançant. À la télévision, un homme psalmodiait. J'ai cru reconnaître une phrase : « Si vous aimiez véritablement vos enfants, il n'y aurait plus de guerres. » Cela m'a fait pleurer dans mon demi-sommeil et puis, aimer vraiment, me suis-je dit, qu'en savons-nous ? et ça m'a endormie.

C'est le silence qui m'a réveillée. Le silence spécial qu'engendre la neige.

« Il neige ! » ai-je crié à Eugenio qui a grommelé quelque chose sur les personnes qui ont du mal à garder quoi que ce soit pour elles. Quelque chose de bref et de neuf. Une variation moderne autour du terme éternel de la femme bavarde. Où apprennent-ils cela ? Il se fiche de mes élucubrations sur la douceur froide des flocons ouvragés. On les bassine déjà avec ça depuis l'école maternelle. Il est occupé par son œuvre, un chemin qu'il dessine sur la moquette, une sorte de labyrinthe et de paysage, une carte d'un pays peut-être, j'appelle cela son Chant des Pistes. Il utilise des petits ciseaux de couture à tête de grue, et sculpte le tapis grège, centimètre par centimètre.

« Un jour, ce sera terminé, et il faudra déménager ! », ai-je dit à Martha.

— Ce qui m'étonne le plus, c'est que tu arrives quand même à t'en tirer. »

Mais elle ne s'étonne pas sincèrement, je le sais. Elle attend ma chute. Les amis sont presque toujours comme ça. C'est pourquoi, la plupart du temps, on n'en a plus quand on est vieux. Ne plus avoir d'amis est même l'un des meilleurs signes qu'on est enfin ou déjà vieux. Chacun a prouvé qu'il avait échoué, on est tranquille. Plus personne ne s'intéresse à personne, hormis aux malades, aux morts et à ceux qui reçoivent d'ultimes décorations. Chacun reste chez soi, bien assis sur les faillites annoncées et confirmées.

On est tous sur la ligne de départ, jusqu'au moment où on comprend que c'est déjà fini, que la course tant attendue a eu lieu, sans qu'on s'en aperçoive, la course sans trêve des escargots vers leur merveilleuse feuille de salade géante.

« En route, on va au jardin ! ai-je dit fermement à Eugenio.

— Mais pourquoi ? a-t-il chuinté, en faisant durer le plus longtemps possible la dernière diphtongue. Qu'est ce que ça change ? on peut rester là ! Il neige, tu n'aimes pas la neige, et moi je n'aime pas sortir. »

Je sais que nous devons sortir. Prendre l'air. C'est une des rares certitudes maternelles que j'aie faites miennes. Prendre l'air tous les jours. Quoi qu'il arrive. Aller au jardin, y rester jusqu'à sentir le désespoir faire son sale petit ouvrage sans retour. C'est, je suppose, ainsi que d'autres vont à l'église, ou faire des courses. Si on met cela en doute, il ne reste plus pierre sur pierre. Pendant des années, j'ai pris tous les jours la poussette et zigzagué entre les gueules ouvertes des chiens et celles des tuyaux d'échappement.

Maintenant, nous nous tenons la main, et j'enseigne à Eugenio le nom des statues que nous croisons, je lui apprends à repérer l'ogive des portes cochères et à regarder les gens. Les gens qui marchent, ceux qui attendent, et ceux qui se croient invisibles dans leurs voitures, mes victimes favorites.

Ainsi, hier, j'ai vu une fille qui s'était acheté une robe en dentelles très jolie et elle la faisait danser, au feu rouge, danser devant ses yeux, en inclinant la tête. On ne voit pas tous les jours des choses aussi gaies. Cela donne la même joie qu'un coquillage, un bout de verre poli sur la plage, ou un nouveau chemin dans un bois.

« Voyeurisme et dépression », m'a dit Martha quand je lui ai raconté, il y a quelques mois, mes premiers exploits. Aussi les gardé-je désormais pour moi.

Eugenio a mis son anorak, rempli ses poches de trucs variés. Je l'étrangle à moitié avec son écharpe qui gratte et qui pue, et on y va.

Le jardin ressemble à une immense flaque marron gelée.

« Il n'a jamais été aussi sinistre ! dis-je joyeusement à mon fils. Nous sommes deux trappeurs du Grand Nord, regarde, il n'y a pas âme qui vive ! C'était comme ça quand j'étais petite : on allait à la plage par tous les temps, ça fortifie le caractère.

— Des trappeurs sans chien, sans traîneau et

sans alcool, c'est des ploucs, remarque Eugenio, des ploucs morts, même ! Et ce n'est pas parce qu'on t'a torturée quand tu étais petite que tu dois te sentir obligée de te venger sur moi. J'ai rien fait, moi, j'ai même pas demandé à naître, moi ! »

Là, je stoppe net.

C'est une remarque qu'Eugenio adore, il la trouve d'un effet excellent, légèrement métaphysique et néanmoins sobre. Pour moi, c'est une phrase mièvre, creuse et antipathique. Ensuite nous boudons, nos lèvres sont serrées à en être gercées. La neige craquotte sous nos semelles cruellement perméables, nous prenons l'air et nous prenons l'eau par la même occasion. Je pense qu'il serait si rassurant d'aller acheter à Eugenio des chaussures en cuir. Le sentiment de sécurité que cela procure me chauffe les joues et je souris à mon fils. Il a sorti de l'une de ses immenses poches un petit appareil photo jetable.

« Tu crois qu'on peut photographier la neige pendant qu'elle tombe ? »

Tout est figé et trop silencieux. Le froid, c'est du silence aussi. La terre froide, nue et marron, c'est du silence, et l'eau gelée aussi bien. Les grilles vertes sont ici ce qu'il y a de plus humain.

Un moineau brise l'étau en dérapant sur une petite flaque, Eugenio se précipite, et le mitraille, il y a brusquement un intense climat d'aventure qui tourne court en une seconde.

« Allez, maman, on rentre, s'il te plaît, on rentre maintenant ! »

À ce genre de requête je comprends qu'Eugenio a grandi. Avant, il ne voulait jamais quitter le jardin. Et moi qui hais tant cet endroit, je regrette les jours où il fallait le tirer par les cheveux pour qu'il accepte de renoncer au tas de sable détrempé, à son seau moisi et à sa pelle fendue.

Pour rentrer, nous prenons le métro.

Le front collé à la vitre du wagon de queue, nous regardons filer les lumières du tunnel comme des astronautes parés au décollage. Le métro, aimé-je dire à Martha, lorsque nous dînons ensemble, c'est notre territoire, notre poésie. Eugenio collectionne les articles que je lui rapporte sur les grillons tapis au chaud, guettant les miettes de sandwichs, sur les nouveaux indices d'une supra-intelligence des rats urbains, ou sur la station Saint-Martin, qui est réservée, l'hiver, aux gens perdus. Il plie les tickets en accordéons de centaines de mètres et rêve de planter un drapeau rouge un jour sur une locomotive qui jaillirait à Bir-Hakeim ou à Austerlitz, et défierait je ne sais quoi, les vieilles locomotives des westerns, sans doute.

Je sais que ça la bouscule, malgré ses sarcasmes, notre talent pour perdre du temps, ce qu'elle nomme notre poésie de bazar.

Ce soir, je lui raconterai peut-être l'affaire du moineau, si je m'en souviens. On ne peut jamais prévoir les histoires dont on va se souvenir, c'est un gros problème, comme les rêves. Et celles qu'on note pour en être sûre arrivent toutes flétries, comme des huîtres de la veille.

À la sortie du métro, un vendeur du *Réverbère* nous a alpagués. J'avais froid, je n'ai pas eu envie de dire d'un petit air jaune : « Désolée, je l'ai déjà ! » J'ai tendu la pièce de dix francs qui restait au fond de ma poche, et l'homme m'a tendu un exemplaire.

« Non merci. Ça ira. »

Je l'ai dit, c'est vrai. Le vendeur a dit quelque chose, il n'était pas content, apparemment. On s'est éloignés. Eugenio fulminait.

« Tu ne sais donc pas qu'il vend un journal pour reconquérir sa dignité, tu l'as humilié, tu l'as humilié exprès. Tu en as fait un mendiant. Jamais je n'aurais pu croire que tu sois capable d'une chose pareille. Tu n'avais pas le droit ! »

J'étais désolée.

« Je suis désolée, Eugenio, ai-je dit. Je ne voulais pas de journal, c'est tout, je n'en voulais vraiment pas. Sa dignité, c'est de ne pas tout mélanger. Ou de me proposer des choses dont j'ai envie. Ou de mendier sans faire semblant. »

Je n'étais pas tellement sûre de moi. Je n'avais pas envie de céder.

On a levé la tête ensemble en passant devant le Magnolia Palace. Des balcons étaient illuminés et, sur fond de nuit bleue, le drapeau bleu, blanc, rouge claquait, immense. La neige avait cessé, tout était net et magnifique.

« C'est beau, tu ne trouves pas, ai-je murmuré.

— Moi, je n'aime pas les drapeaux, a répondu Eugenio. Sauf le rouge. Comme mon père. Toi, depuis que tu es devenue une artiste célèbre, on ne sait plus ce que tu aimes. »

Je n'ai pas eu le cœur de démentir. C'est drôle, ces mots, « artiste célèbre », comme un crachat dans la bouche de mon enfant, me suis-je dit. Je n'ai même pas cillé. J'ai tant de mal à supporter qu'il y ait en Eugenio une voix secrète qui me diffame et un morceau de cœur qui me hait en silence pour ne pas me faire de peine.

On était arrivés. Pendant qu'on montait l'escalier, j'ai espéré, comme tous les jours, comme chaque fois, en essayant de ne pas regarder, qu'il y ait quelque chose devant la porte, là, sur le paillasson, une gerbe de roses et d'eucalyptus, un petit bouquet de pervenches, un panier de fruits, un télégramme de Michelangelo Antonioni. Ou une petite boîte d'allumettes peinte en blanc et figurant un mini-cercueil, avec une croix noire peinte sur le couvercle, envoyée par un ancien amant devenu fou. Ce dernier cadeau, en vérité, je n'y tiens pas, d'ailleurs, je l'ai déjà eu.

Il n'y avait rien, comme d'habitude, même pas une lettre de la banque, ni même un jeu-concours.

« Va nourrir tes oiseaux, amuse-les, apprivoise-les, ai-je dit sèchement. Je fais couler ton bain de prolétaire. » On a entamé la valse lente des rituels du soir.

3

Le vent me faisait pleurer, la nuit était bleu turquoise, et je courais, tant il me semblait que j'étais en retard. Et puis, je préparais pour Martha mon histoire de moineau. J'hésitais à le remplacer par une mouette ou un pigeon. De cette version, c'est Eugenio, chasseur d'images et poète, le héros. Les histoires sont plus belles et plus vraies quand on les transforme un peu. Cela m'a rappelé la séquence d'un film où un homme aperçoit une petite fille qui s'élance sur un étang gelé. Il devine que la glace va se fendre et l'engloutir. Il est à sa fenêtre, il ne peut rien d'autre que regarder. Et soudain, j'ai vu un moineau à travers le carreau de la fenêtre, je l'ai vu s'élancer sur la glace trop fine, aucun son ne pouvait sortir de ma gorge et mes mains tremblaient. Il avait le visage d'Eugenio. Soudain terrorisée, le cœur battant, je me suis cognée à un piton noir planté au bord du trottoir pour éviter, je crois, que les voitures n'y stationnent. Ce sont des objets étranges, des bittes d'amarrage auxquelles aucun bateau ne vient s'encorder, qui n'ont d'autre destin que de blesser par surprise les passants étourdis, et, meurtrie, je me suis mise à pleurer. Si la seule façon de connaître l'océan est de faire naufrage, tous les espoirs sont permis, me suis-je dit.

Le lieu de notre rendez-vous était une petite salle en pierre, aux fenêtres adoucies par des vitraux, juste en face d'une église romane et de son jardin. J'aime cette église parce qu'on y exposait autrefois une crèche avec un vrai bœuf et un âne authentique de part et d'autre de la mère et de l'enfant. Une vraie mère et un faux enfant.

J'aimais y aller dix fois de suite, et dix fois demander comment ils faisaient pour rester là, sans bouger.

J'aimais les crèches de Noël, autant que les vitrines animées des grands magasins, et pourtant je n'en ai jamais montré à Eugenio. J'aimais le tremblement et le mystère qui entouraient cette histoire d'âne et de bœuf, j'aimais ne pas vouloir en savoir davantage que ce mot, *crèche*, et cette odeur de foin, et la musique de l'orgue, au fond.

Il n'y a plus de crèche animée aujourd'hui, quoi qu'il en soit. Il y a, à Saint-Julien-le-Pauvre, une œuvre d'art conçue collectivement par des élèves de l'école boulle. On dirait de la pâte à sel, le bébé n'a pas de visage. J'y vais quand même encore de temps

en temps allumer une bougie qui sert à éclairer la
crèche et à exaucer un vœu. Je me souviens alors de
cette fille déguisée en Marie, la tête sur le côté,
voile bleu pendouillant et crampes dans les genoux,
ça me fait penser à l'académie de peinture que j'ai
fréquentée autrefois et où, sous le regard appliqué
de vieilles dames artistes, de touristes japonais
qu'un car avait dû oublier, et de jeunes filles
ingrates qui cassaient leur fusain en appuyant trop,
une malheureuse Polonaise, aux joues rougies par
un chauffage électrique individuel, prenait éternellement les mêmes poses, pendant exactement vingt
minutes, d'un air renfrogné. C'était triste et misérable et, en même temps, très beau. Là non plus, je
n'ai jamais emmené Eugenio, pourtant ça l'amuse-
rait.

Peut-être qu'alors me reviendrait le désir de
peindre.

Martha était en retard. J'ai hésité à m'installer.
J'ai rebroussé chemin pour aller faire quelques pas
dans mon église. L'odeur d'encens étreint la gorge,
quelques personnes, rassemblées autour de l'autel,
chantent. Un homme en parka, dans l'allée de
gauche, murmure tout près d'une vierge byzantine,
presque dans son oreille peinte. Il l'embrasse une
bonne vingtaine de fois, baiser posé sur les doigts et
transporté ainsi sur la joue dorée de l'icône. Dans

un recoin, un clochard a installé ses sacs rayés en plastique et grommelle des injures à ceux qui passent.

J'ai allumé un cierge nain en me faisant couler de la cire bouillante sur les doigts pour cinq francs. Mon vœu. Je ne trouve aucun vœu, des vœux lamentables : trouver quelque chose de bien à faire pour Noël. Ou bien trop vastes au contraire : le bonheur, la joie, plus jamais de ceci, ni de cela. Trop tard pour le vœu ! Quand la bougie est reposée, le tour est passé.

Quelqu'un m'a frappé sur l'épaule, j'ai sursauté.

« J'étais sûre de te trouver là, a déclaré Martha. Tu as fait un vœu ?

— Pas eu le temps, ils étaient nuls... »

Je bafouille tant je me méprise de n'avoir même pas l'ambition de formuler un vœu correctement et en temps utile. Tandis que nous sortons de la petite basilique grecque, je remarque les regards furtifs des deux personnes qui s'en vont au même instant que nous. Une sorte de connivence nous lie, un mélange de fierté et de crainte d'être vu. J'ai déjà ressenti cette sensation de complot en sortant une nuit de la basilique Santa Maria du Trastevere, après avoir assisté à un rassemblement de fidèles hérétiques, adeptes d'un rituel d'avant saint Paul, m'avait-il semblé. Leur chant était inoubliable, comme l'odeur d'encens de l'église Saint-Julien-le-

Pauvre. Cela me faisait penser à l'amour, qui toujours se cache et s'en va.

Martha m'entraîne vers le restaurant en me serrant aux épaules. Je détache son bras, je me sens cassable. Elle s'exclame, d'une manière excessivement théâtrale :

« Et maintenant, tu sais ce que tu devais souhaiter ?

— N'en parlons plus ! »

J'essaie de la faire rire : « Les vœux, c'est secret, Martha ! »

Je la supplie, mais elle est intraitable. Nous nous sommes assises à une table, la lampe découpe un rond de lumière rassurant.

« Un homme, Nouk, tu sais très bien que tu devais souhaiter trouver un homme. L'amour, ne fais pas cette tête-là, je te parle d'amour, regarde cet air de biche effarouchée, comme si tu ne savais pas la vérité, que tu as chassé l'amour par amour, et qu'il n'y a que ton fils dans ton cœur. »

J'essaie de reconquérir un peu de dignité, la serveuse nous tend des cartes, j'essuie mes yeux. Je voudrais rentrer.

« Tu ne crois pas que tu commences un peu fort ? »

Martha ne répond pas et me sourit tendrement, elle est très contente de nous, et de sa nouvelle mèche un peu blonde sur le devant.

« Un tank blond », me dis-je, pour m'amuser.

« C'était juste pour te réveiller ! J'ai un tas de choses à te raconter. »

Sa voix si nette devient un peu lointaine, je crois que je préférerais ne rien savoir aujourd'hui des nouvelles de sa vie. Je baisse un peu la tête, en la regardant de biais. Nous attendons la nourriture, et moi j'écoute ce qu'ils disent aux tables d'à côté, pendant que Martha décrit un homme qu'elle a rencontré il y a trois semaines maintenant, « tu te rends compte, trois semaines déjà ».

De l'autre côté de l'allée, devant moi, il y a un autre homme, de dos. Une nuque et des oreilles rouges. Il se plaint à voix forte. Celui que, dans ma tête, je baptise le fasciste aux oreilles rouges, je me plais une seconde à imaginer qu'il est ce prince dont Martha me révèle sans vergogne les secrets. Mais il parle trop fort d'une femme enceinte qui a trouvé cette ruse infecte, la grossesse, pour ne pas se faire expulser d'un appartement qui lui appartient.

« Ce sont des professionnels, gronde-t-il d'une voix indignée. Il y en a partout. Des cancrelats. » Cela fait sourire, cette violence brute. Il n'y a pas de quoi.

« Je sais bien ce que tu penses », continue Martha.

Ce qu'elle a de bien — elle a mille qualités mais je parle ici de ce qu'elle a de spécialement agréable —, c'est qu'elle ne se blesse pas comme moi à la moindre épine. Au début, je l'appelais souvent, après une conversation, pour lui demander pardon de l'avoir agacée, et peinée, et offensée certainement. Elle tombait des nues. Ça la faisait rire, cette imagination.

« Tu en as du temps à perdre, pour te ronger ainsi les sangs à propos de choses entièrement inventées ! reprend-elle, avec bonne humeur. Ah, ces intellectuelles ! Et le pire, ce sont les intellectuelles artistes, dans ton genre, jamais à court d'une blessure, jamais en retard d'un chagrin. Peindre la joie, y as-tu pensé ? »

Elle dit cela, je le sais, parce qu'elle regrette ardemment ma carrière de peintre, cette pantalonnade obscène, la peinture. Nous vivons dans un monde où l'on ne peut plus peindre. Quand j'ai renoncé au professionnalisme, aux vernissages, quand j'ai déchiré mon contrat et rompu avec les gens de la galerie, il m'a fallu des mois pour l'avouer à Martha. J'avais peur qu'elle ne m'abandonne à son tour, après Alfonso, après tous les autres. Mais Martha est fidèle et entêtée. Elle veille sur moi. Elle attend que ce qu'elle nomme un absurde caprice masochiste ait pris fin. Alors sonnera l'heure de son triomphe.

Martha, chaque jour que Dieu fait, place des cartons rigides et rectangulaires dans la bouche de ses visiteurs et leur dit de ne plus bouger, sans se douter un instant de la douleur que leur inflige l'angle du carton enfoncé dans le palais, sans savoir qu'ils se retiennent à grand-peine de vomir. Sans trop songer d'ailleurs qu'on est en train de généraliser des techniques électroniques qui rendront inutiles ses énormes installations. Elle réarme les mâchoires défaillantes avec conviction. Cela endurcit sans aucun doute.

« Quelle poète, et quelle chichiteuse », a-t-elle ricané quand j'ai tenté de lui ouvrir les yeux sur son métier de sadique.

« Je sais ce que tu te dis, tu penses que ça ne va pas durer, que je rêve comme d'habitude, et que Jason va me mener en bateau. »

Avec un nom pareil, c'est certain, ricané-je bêtement mais en silence.

C'est très étrange, le surgissement de nouveaux prénoms dans la bouche de Martha, presque aussi impudique que ses confidences. C'est une affaire d'intonation. Elle dit « Jason » comme elle dirait : « Je vais te dire où est caché le trésor que tu cherches depuis toujours. » Et si je suis assise en face d'elle, c'est que je la crois.

Je préférerais qu'elle me demande : Et vous, qu'est-ce que vous avez vu comme expositions, ces temps-ci ? Cette question qu'on entend, comme un petit pont de fer, entre les dames qui prennent un repas ensemble, on étale ses cartes, ah ! j'ai été au Grand Palais, admirable, admirable. Ces expéditions au musée me semblent toujours destinées à rendre jalouse, ou simplement mortifiée, celle des deux activistes qui en fait le moins, qui se ralentit, qui ne lit plus *Télérama* avec autant de vigilance. C'est une façon de rester debout, d'affirmer sa vaillance. L'étape d'après, c'est quand on se raconte les films d'hier soir à la télévision. On a perdu quatre ou cinq centimètres de respect de soi. C'est encore de la culture, mais assise.

Nos voisines ont attaqué cette partition. La plus grosse, un peu penaude, se faisait remonter les bretelles, parce qu'elle n'avait rien vu. Ni le Grand Palais, des Chardin comme de la fourrure, ni l'Orangerie, tous ces anges au rictus insensé, ni la nouvelle exposition du Louvre, des œuvres qu'on ne verra peut-être plus jamais, et qui font des souvenirs. Je hais ce sport : la collection d'expositions avec commentaires tirés du catalogue, ce petit grincement de chiqué. Cela apaise l'angoisse pourtant, je le vois bien. À la manière obscène du tourisme. C'en est.

« Jalouse et snob », dirait Martha si je lui racontais les rêveries que m'inspirent nos voisines aux voix de stentors. Elle ne les entend pas, elle ne voit pas l'intérêt d'écouter les voisins.

« Ça t'intéresse, parce que tu as peur de vivre ta propre vie, m'a-t-elle répété cent fois. C'est comme tes foutus livres ! »

Martha, brutalement, rapproche son visage du mien. Cela m'effraie, comme si elle allait m'embrasser. Je détourne la tête. Quelque chose me fait rire en même temps : je l'imagine me murmurer : Tu as une haleine épouvantable ! Pourtant, j'ai vérifié cent fois en venant, la mauvaise haleine est une affaire qui m'obsède, et je souffle constamment dans mes paumes retournées et bien closes, pour renifler l'air tiède et doucereux qui s'en échappe. Elle dit : « Crois-tu que je vais être heureuse ? C'est tellement fort ce qui nous arrive, tellement violent. Jamais je n'ai fait l'amour comme avec lui, et quand il s'agenouille devant moi, comme hier soir, je crois que je peux mourir. Il me semble qu'avant, avec Étienne, ce n'était pas l'amour, juste une sorte de masturbation réciproque, le plaisir que chacun poursuit. Le plaisir que chacun atteint, la jouissance l'un à côté de l'autre, par frottement, tu vois ce que je veux dire ? »

Elle ne me regarde plus vraiment, elle sourit aux anges. « Quand je pense qu'on est mariés depuis neuf ans. Tu sais qu'il respecte infiniment Jason ? » Ma bouche se crispe de douleur.

« Et Jason... » Je voudrais qu'au moins elle omette de prononcer son nom, j'ai peur, et le sentiment que la police peut nous arrêter pour indiscrétion grave, atteinte à la sécurité des personnes, exhibitionnisme verbal sur la place publique. « Quand il me prend, et me retourne et me retourne encore.

— Je t'en supplie, Martha, arrête, lui dis-je. Je t'adore, et tu seras heureuse, il t'aime, j'en suis sûre, mais c'est dangereux, ce que tu fais. Il n'y a rien à dire sur Jason et sur toi que la terre entière ne sache depuis toujours et les gestes de l'amour doivent rester secrets, j'en suis certaine. D'ailleurs... »

Elle me regarde fixement : « Tu connais cette manière de se retourner, sans se déprendre, de jouir ensemble ? C'est parce que tu es mon amie, Nouk, que nous parlons ainsi, pour partager nos secrets, et parce que mon bonheur n'est pas entier si tu n'en sais rien. » Je suis un ver de terre qui s'agite entre ses doigts, je suis grise de frayeur et ridicule.

« Ne joue pas les névrosées, Nouk, dit-elle maintenant sévèrement, c'est trop facile, c'est juste de la lâcheté, et de la paresse. »

Je ne pleure pas. Finalement, je trouve ça plutôt drôle, cette marche forcée vers le bonheur. Ce qu'il y a, c'est un problème de vocabulaire. Un grave problème. Nous n'avons presque plus de mots à nous, ils sont tous écrits sur des prompteurs invisibles, des mots trop durs pour nos bouches, et qu'il faut dire quand même, alors qu'ils sont aussi crus que vides. Ils arrachent la peau au passage. Et c'est pareil avec la peinture. Il faut que je fasse comprendre à Martha que plus jamais je ne toucherai un pinceau. Qu'elle cesse de croire que je vais m'y remettre. Qu'elle cesse une bonne fois pour toutes de m'en reparler de mille manières.

« J'ai vendu mes dernières toiles, Martha, presque pour rien. Tu te rends compte, tu te rappelles combien elles valaient, il y a trois ans ? Quelle comédie ! Je n'ai plus le cœur pour ces singeries. Mes tableaux me font honte, comme un dégueulis. Toute cette souffrance, vendue à l'encan, prostituée, c'est tellement... D'ailleurs, y a-t-il jamais eu de femme peintre qui vaille quelque chose ? Il me semble qu'il n'y a plus rien pour moi, de ce côté, mes illusions se sont envolées. Je ne peindrai plus jamais.

— Je crois qu'Étienne aimerait te voir, dit Martha, qui a les joues roses maintenant. C'est aussi de cela que je voulais te parler. Vous avez toujours été très proches. Idéalistes. Et bons. »

Il y a toujours une miette de mépris dans ces énoncés. Derrière « idéaliste », j'entends « stupide », et derrière « bon », on peut deviner « lâche ». Martha me prend gentiment les mains, qui sont trop froides.

« Tu l'appelleras ? »

Je dis : « Bien sûr, je l'appellerai demain. »

Peut-être qu'elle n'a pas entendu, pour la peinture. Ou, simplement, qu'il n'y a rien à dire. Occupe-toi donc de toi ! Crois donc en toi ! râlerait

Martha dans d'autres circonstances. Les meilleurs compliments, les seuls qui vaillent, c'est à soi-même qu'on les doit, disait ma grand-mère. « Travaille, travaille. Quand tu seras morte, le monde se débrouillera très bien tout seul. »

Je me demande qui viendra à mon enterrement.

Avec tendresse, avec nostalgie, je pense à Eugenio, à notre bateau calme, son paysage monotone. Écouter Martha me donne le mal de mer, le sentiment bizarre de ne pouvoir m'appuyer sur rien, d'être entourée de murs qu'on enfonce avec le bras, d'être en équilibre sur le sol incliné d'une attraction de fête foraine. J'entends les rires des badauds. Les moutons, me dis-je, les poulets sont plus hardis que toi. Et je mange une olive noire amère, pour ne plus l'oublier.

À deux tables de nous, il y a un couple qui soudain m'aimante, comme s'il allait me livrer une de ces vérités qui me taraudent et dont j'ignore tout, sinon que je suis à leur recherche. (Ta devise est : *Why ?* dit Eugenio quand il veut me flatter.) L'homme a la voix trop forte et trop épaisse.

« Notre mémoire est sélective, hurle-t-il, et les Français ne comprennent rien à la géographie.

— C'est vrai, hasarde sa compagne, qui a sorti un petit miroir et cherche quelque chose sur sa figure. Moi, je ne sais même pas où est la Patagonie. »

C'est probablement une manière de dire : Que tu es beau mon chéri ! Et cela marche à merveille. La Patagonie, justement, est un des sujets favoris de l'homme : la légèreté de l'air des Andes, un petit cap au bout de l'Argentine, la pampa et les cactus, le vent frais de l'Amérique latine, il cite Paul Morand, revient sur son enfance, une varicelle, des semaines d'ennui, j'ai appris un atlas par cœur.

Martha a changé de conversation. Elle voudrait qu'Étienne se lie avec plus de gens, mais c'est difficile.

« Il vient de se brouiller avec l'un de ses derniers amis. S'il reste seul, je ne suis pas tranquille, constate-t-elle.

— Peut-être est-ce notre combustible essentiel, tenter de trouver comment être tranquille. Heureusement, on n'y arrive jamais, dis-je avec gentillesse.

— Je lui ai dit de s'inscrire quelque part, tu comprends, le soir, il reste devant le poste. Tu vois ? »

Martha dit « poste » comme on dit « non-voyant ». Il se fait son petit plateau, sa fiasque n'est pas loin. Elle dit aussi fiasque pour whisky. J'ai mis des années à comprendre ce que c'était. Je n'osais pas demander, j'imaginais, sans trop oser m'appesantir, un truc mou, un petit ventre annexe.

« C'est un mort vivant, je le lui répète tous les jours, mais il ne m'écoute pas. Tu vois ? »

Quand elle se met à répéter trop souvent : « Tu vois ? », je comprends que mon attention est trop visiblement flottante, et j'ai peur qu'elle ne se fâche. Je me ratatine et me rassemble, j'écoute, pardon, je suis confuse. Comme Étienne, à qui je ressemble, je ne veux pas risquer de perdre Martha, ma seule amie, envers qui j'ai déjà tant de torts. Si j'étais franche, je lui dirais que se faire traiter de mort vivant, tous les jours que Dieu fait, n'est pas ce qu'on peut souhaiter de mieux à un ami. Mais Étienne n'est pas mon ami. Je m'intéresse à lui, c'est tout. Et c'est peut-être parce que Martha raconte bien. Surtout les maladies.

Étienne en a d'uniques, de passionnantes.

« Comment vont ses pieds ? » demandé-je. Pendant des mois, il n'a pas pu marcher à cause de démangeaisons violentes qui s'étaient installées sous ses pieds et transformaient sa voûte plantaire et même toute la plante de ses pieds en fourmilière dès qu'il se levait.

S'il s'allongeait, pof, ça se calmait. J'ai proposé un tas de solutions mirobolantes, car ce genre de cas m'exalte. J'ai suggéré des ruses comme en inventent les insomniaques. Exemple : vous faites croire à votre corps que vous ne voulez absolument pas dormir. Vous ne vous mettez pas en pyjama. Vous ne gagnez pas votre lit, vous ne confectionnez pas de tisane à la fleur d'oranger.

Vous regardez la télé et hop, par surprise, tout habillé, la lumière allumée, vous vous endormez d'un coup. Forte de cette expérience dont je suis assez fière, j'ai suggéré à Étienne de sortir en charentaises, ou même en chaussettes antidérapantes, avec ces adorables petites pastilles en caoutchouc, qu'on fabrique aujourd'hui. Ou la solution psychologique : trouver ce qui le démange : il ne veut pas marcher, mais dans quoi ? Dans quelle combine ? Aucun âne rétif n'a jamais eu mal aux sabots ! dis-je.

Au fond, je crois plutôt qu'il fait cela pour faire plaisir à Martha. Mais je ne peux le leur dire. Alors, je leur apporte des crèmes. Je vais au centre de parapharmacie qui a remplacé récemment la librairie près de chez nous. J'aimais bien le libraire, j'ai gardé mes habitudes, et j'y vais souvent. C'est une sorte d'aquarium blanc et vert. La peau est au rez-de-chaussée, la barbe près des caisses, les cheveux et l'âme au sous-sol, des rayons entiers de flacons délicats, de petites boîtes pleines d'essences de légumes. On trouve aussi des milliers de crèmes aux plantes pour les rides des joues et des coudes, du karité et de la sauge, de la lavande qui adoucit, et des algues pour purifier. Une fois, j'ai tant acheté qu'ils m'ont offert un parapluie immense, vert et blanc, comme les anciens ballons de plage. En sortant, je ressemblais à Mary Poppins.

Mary Poppins, pour le moment, est enfuie. Je me sens plutôt misérable, une sorte d'Étienne femelle, sans symptôme, à part cette envie de rentrer à la maison. Il paraît, m'a dit une collègue de la Bibliothèque passionnée par la lecture en prison, que les gens qu'on libère après une longue peine n'ont pas envie d'aller dehors. Les otages prennent leurs bourreaux en amitié. Nous ne sommes qu'un petit tas d'habitudes, pour la plupart mortelles. Martha écrase son dessert et mélange bien. Le coulis et la charlotte font une mixture navrante. Elle rit de ma grimace. Ce sera pire dans quelques instants, note-t-elle. Il y a des gens qui aiment cette idée de la nourriture broyée par l'estomac, anéantissant nos efforts de présentation.

« Qu'as-tu prévu pour Noël ? » La phrase que je redoutais vient d'atterrir entre nos deux assiettes.

« Rien. Enfin, juste nous deux, et un arbre.

— Et tu as acheté l'arbre ?

— Non, on doit y aller demain. J'ai juste acheté des oiseaux parce qu'Eugenio voulait un chat. »

Martha me regarde, étonnée. À sa place, j'imaginerais qu'il s'agit de nourriture pour le chat, de préparatifs d'accueil. Elle me trouve juste incohérente. Et inquiétante.

« Tu es vraiment déprimée. Ce n'est pas bon pour un enfant, tu sais. »

Les larmes me montent aux yeux, je me mords

les joues. Je rétorque en parlant trop fort, les pommettes soudain trop rouges :

« Ce n'est pas bon d'être *mon* enfant, je sais, mais le mal est fait ! »

Le fasciste aux oreilles rouges et le voyageur patagonien nous regardent par en dessous. Martha me prend aux épaules, m'étreint et me secoue :

« *What about this cat ?* » dit-elle en riant.

4

À minuit, il faut que je rentre. Nous quittons le restaurant, apaisées et contentes de notre pacte : je célèbre Noël à ma manière désolante, tout seuls dans notre trou, mais dès que c'est fini, je les rejoins en Bretagne, elle et Étienne. Il y aura un tas de gens merveilleux, et des enfants, beaucoup d'enfants. On fera du feu, et des Monopoly, des gâteaux et des promenades. « Tu n'es plus venue depuis quinze ans, c'est insensé », dit Martha.

Je crois qu'elle a décidé de nous inviter pendant que je lui racontais l'histoire du chat. J'aime penser que mon goût pour les histoires me sert à quelque chose.

Et l'histoire du chat est l'une de celles que je préfère, et que je ne peux jamais raconter à la Bibliothèque pendant l'Heure du conte psychologique, qui a lieu tous les mois : elle est trop horrible.

Chevaleresquement, j'ai déposé Martha. Le taxi a attendu qu'elle ait pianoté son code et disparu à l'intérieur de son immeuble moderne, verre et béton, un navire de l'espace équipé de trois codes successifs, pour la porte d'entrée, pour la porte vitrée du hall et enfin pour l'ascenseur. Les plantes tropicales qui font une allée endormie et luisante dans le hall ont l'air d'espions extraterrestres, on s'étonne presque qu'elles ne soient pas équipées de voyants et de boutons. C'est un endroit charmant où il est préférable de ne pas rentrer ivre. (Je ne vois pas comment une personne qui ne serait pas au sommet de sa vigilance pourrait effectuer toutes les opérations indispensables pour rejoindre son lit.) Il y a eu plusieurs suicides, selon Martha, qui prend la chose avec désinvolture et grâce, et assure qu'il ne faut pas confondre les effets et les causes. Ce genre d'immeuble attire certaines personnalités fragiles, comme le coquillage vide attire le bernard-l'ermite. Une seconde peau en acier. Indéchirable. Je me demande un instant si les personnalités fragiles se faisaient croisés au Moyen Âge, pour avoir une belle carapace de fer pesant une tonne et la petite visière qui va avec. Où sont désormais nos armures ?

Le taxi me dépose à mon tour en bas de la maison, et je lève la tête avec inquiétude. Il n'y a pas de lumière. Eugenio dort sûrement. On entend les oiseaux qu'aucune heure ne rebute. En vérité, je n'entends qu'un seul oiseau.

En montant l'escalier, je repense au chat. *What*

about this cat ? Martha m'a assuré que cette histoire n'avait pas l'air vraie. Elle avait l'impression que je l'avais rêvée. Le chat s'appelait Freddy Buache, je ne sais plus pourquoi, mais on l'appelait juste par son prénom, Fred, Freddy, ou Freddo. Eugenio l'avait obtenu de son père quelques jours avant Noël, l'an passé ou celui d'avant, souvent je mélange. Un chaton tout noir avec des yeux bleus qui louchaient.

Cette année-là, j'avais installé seule un petit sapin de forêt, un cadeau d'une amie, un arbre très clair et plutôt de traviole. Freddy l'a adoré. Il s'est immédiatement occupé de l'escalader, les chats, c'est connu, croient qu'ils peuvent se poser sur les branches des arbres, puisque les oiseaux le font. L'arbre a plié, et rebondi, le chat a valsé et recommencé. Il a pris ensuite appui sur le rideau tout proche, essayé de se servir du lit comme d'un plongeoir, ou d'un tremplin. Les aiguilles du sapin ont commencé à céder, formant un tapis vert sur le tapis turc. J'ai laissé les vandales entre eux. Quand je suis revenue, le sapin était à terre, la terre était partout, Freddy gambadait et Eugenio faisait un dessin pour m'exprimer son affection indéfectible dans ces circonstances pénibles.

J'ai hurlé, c'était stupide mais inévitable. Freddy et Eugenio ont pris un air déçu. La nuit a été horrible. Les chatons, comme les bébés, ont souvent le sommeil inversé, ai-je appris plus tard. Vers quatre heures du matin, lassée d'avoir un chaton sauteur sur mon lit et d'être prise pour sa balle, j'ai considéré que Freddy n'était qu'un chat et je l'ai enfermé dans la salle de bains où il a gémi jusqu'au matin, sans faiblir.

« Je hais cet animal, ai-je dit à Eugenio.

— Ce que tu es méchante, maman, a-t-il répliqué simplement.

— Je sais », ai-je répondu comme d'habitude en pareille circonstance.

Et j'ai emballé les restes du sapin dans un grand drap que j'ai traîné dans l'escalier. On aurait dit que j'évacuais le corps d'une de mes victimes. Il y a quand même eu des aiguilles dans l'escalier, mais c'est un procédé que je conseille. Et le déballage sur le trottoir du grand squelette est du meilleur effet. C'est quand je suis remontée, ce jour-là, que l'affaire du chat a vraiment commencé. Freddy boitait.

« Appelle un docteur, maman, appelle un docteur », a supplié Eugenio, en pleurs. Un docteur le lendemain de Noël, mon cœur s'est mis à battre, comme toujours quand se profile un défi au-dessus de mes forces.

Je l'ai pris dans mes bras et j'ai léché ses larmes.

« Ne t'inquiète pas, ton andouille de chat s'est enfoncé une épine sous la patte en faisant des acrobaties dans le sapin, ou bien il s'est foulé une cheville.

66

— Comment tu veux que les chats aient des chevilles, maman, a hurlé de rire Eugenio. Pourquoi pas des talons aiguilles, pendant que tu y es ? »

J'adore cette expression : « *pendant que tu y es* ». Une des plus idiotes qui soient.

Pendant que j'y étais, j'ai téléphoné à SOS vétérinaires, qui est tout à fait comme SOS pédiatrie, pour les animaux : ils prennent le temps de vous parler, de vous rassurer, cela fait un peu penser à Thierry Lhermite dans *Le Père Noël est une ordure*, mais justement, c'est ce qui est bien.

« Quelqu'un va venir d'ici à une demi-heure », ai-je annoncé.

Freddy gémissait, les oreilles rabattues comme un loup minuscule. Eugenio lui fourrait des millions de jouets sous le museau, sans aucun succès.

« Arrête de lui écraser la figure avec ces trucs en caoutchouc ! » ai-je ordonné. Je n'aime pas les animaux malades. C'est un peu moche, mais c'est comme ça. Et on a attendu en regardant *Les Aristochats*. Depuis que Freddy était là, on n'avait regardé que ce film, le plus ennuyeux des films de Walt Disney, Eugenio trouvait que c'était la moindre des choses.

« Mais je te dis qu'il ne regarde pas, qu'il ne comprend pas et qu'il s'en fiche, disais-je méchamment. On pourrait regarder *Les Cent Un Dalmatiens* ? demandais-je pleine d'espoir. Pour changer.

Et puis j'adore quand il dit : " Je mangerais, je mangerais tout un éléphant ! " »

« Dis plutôt que tu veux tuer Freddy, a dit Eugenio, indigné. Cent chiens pour lui, c'est comme cent tigres pour toi. Ou cent CRS. »

Où a-t-il pris que j'ai peur des CRS, c'est un mystère.

En pleine scène d'amour entre la Duchesse et son Thomas, le docteur a sonné.

Il a dit : « Oh ! *Les Aristochats*, mon film préféré ! » exactement comme aurait fait un pédiatre de secours, habitué à apprivoiser d'urgence. Et il s'est dirigé fermement vers le panier débordant de lainages. Évidemment, Freddy n'y était pas. Il haïssait ce tas de poussière autant que moi.

Eugenio a montré le lit, un doigt sur la bouche.

« Célakilè ! » a-t-il susurré, d'un air de mère enamourée.

Le vétérinaire a actionné une sorte d'appeau pour chat, et Freddy le crétin a pointé son petit museau fiévreux. Une main ferme l'a saisi. Eugenio et moi avons rentré la tête dans nos épaules. Freddy a été sommé de faire quelques pas, et il a boité lamentablement jusqu'à moi, pour frotter sa tête contre mon pied. « Une entorse, a dit le docteur. Ça arrive avec les chatons. Rarement, mais ça arrive. » Eugenio était fier de moi. Il sait que j'aurais aimé faire ma médecine.

« Tu vois, m'a-t-il murmuré, soudain gentil, tu aurais même pu être vétérinaire.

— Je ne crois pas ! » lui ai-je répondu sur le même ton, avec des visions d'étable apocalyptique, le bras enfoncé jusqu'à l'épaule dans une vache pour retourner un veau mal engagé.

Pendant ce temps, le docteur avait ouvert son énorme cartable. En vérité, c'était plutôt une sorte de trousse géante, comme autrefois, avec des anneaux pour fixer les objets. Dans le cartable, il y avait des dizaines de flacons et de seringues, remplis pour la plupart de liquides rouges, blancs ou jaunes, et enrobés de minuscules étiquettes. Tout en racontant une amusante histoire de veau à deux têtes à Eugenio, il a attrapé un flacon, attrapé une seringue, attrapé le chat, et c'était fait. C'est ce qu'il a dit.

« C'est fait ! »

À ce moment, Eugenio a poussé un cri. Freddy était devenu tout mou, évanoui ou mort.

« Qu'est-ce que vous lui avez fait, exactement ? » ai-je demandé au vétérinaire, de ma voix la plus sophistiquée. Je pensais : « Tu l'as tué, espèce de cinglé. » En vérité, je n'osais pas vraiment le penser, je transpirais et j'avais le cœur ratatiné au fond de mon ventre. Je me demandais ce qu'il fallait faire. Je n'arrivais pas à estimer la situation.

Il a pris le chaton, qui ressemblait à un col de

fourrure décousu. Il l'a ausculté. Eugenio et moi, nous le regardions sans respirer. Personne ne respirait dans la pièce, pas le chat en tout cas, apparemment.

« Alors ? ai-je articulé d'un air patriarcal et sombre, ce qui, dans mon esprit, ne fait qu'un.

— Il est dans le coma », a péniblement articulé le vétérinaire.

Cela veut probablement dire qu'il n'est pas mort, ai-je noté.

Eugenio nous regardait. Il pleurait en silence.

« Je comprends pas ce que vous lui avez fait, a-t-il dit soudain.

— C'est une erreur médicale, a répondu le vétérinaire d'un air troublé. Je ne sais pas pourquoi. Ma première. Peut-être à cause de cette scène des *Aristochats*, ma scène d'amour préférée. Vous savez, c'est peut-être à cause d'elle que je fais ce métier. Je viens de commencer une analyse, a-t-il ajouté en se tournant vers moi, cela change beaucoup de choses dans une vie, vous ne croyez pas ? »

Il n'est pas sûr que ce soit un immense progrès, ai-je songé, en tout cas pour les chatons qui ont la déveine de se trouver là.

Eugenio ne pleurait plus, il le regardait d'un air attentif.

« Alors, vous avez tué Freddy ? Et c'est tout, et il ne va rien se passer, et on ne vous punira pas, on a le droit de tuer les chats, de venir tuer un chaton chez les gens, avec une seringue, et de s'en aller après, on a le droit ? Et toi, maman, tu lui parles ? »

Le vétérinaire a essayé de toucher Eugenio, ce qui n'était pas très malin de sa part. Il a dit que Freddy n'était absolument pas mort. Pas du tout. Juste endormi.

« Un bel au bois dormant, c'est tout, tu comprends, mon garçon », a-t-il dit en gloussant un peu. Une image imbécile. « Je l'ai endormi pour pouvoir guérir son entorse, mais je me suis trompé de dose, de flacon. C'est ce qu'on utilise pour endormir les chiens adultes de grande taille, les saint-bernard, les dobermans, les bergers allemands.

— Il va dormir des années ? a demandé Eugenio pacifié, séduit par la beauté de la situation.

— Environ vingt heures », a dit avec assurance le docteur. Cela m'a étonnée qu'il puisse dire quoi que ce soit fermement après ce qui s'était passé. « Mais attention, il faut absolument l'enfermer dans son panier et être là à son réveil. Il aura des hallucinations et pourra faire n'importe quoi. »

Se mettre une balle dans la tête, par exemple, ai-je pensé agressivement, mais je n'ai rien dit. Tout était assez compliqué comme cela.

Le vétérinaire est parti, la consultation, il nous l'a offerte, et nous avons passé la journée à veiller le pauvre Freddy, en regardant *Les Cent Un Dalma-*

tiens cinq fois de suite. Les jours suivants ont été encore plus horribles. Freddy n'avait pas d'entorse mais le typhus. Il a fallu lutter pied à pied et perdre. Il est mort au bout de quatre jours, le vétérinaire revenait le voir tout le temps, on était des amis dans le malheur. Freddy avait la fourrure toute trempée, il refusait de boire. Il a crié deux jours, ensuite il a cessé, et c'était encore pire. Maintenant, je me souviens que c'était l'année dernière et que depuis je résiste à toutes les tentatives de m'attendrir sur les chatons perdus, condamnés, qu'on rencontre sans cesse et qu'il faudrait sauver. Visiblement, je n'en ai pas la force.

J'ai tourné la clé. Chaque tour de clé me rappelle des amis que j'avais, et qui sortaient souvent le soir. Ils laissaient les enfants seuls. Ils disaient : « Il n'y a pas que les enfants dans la vie, il ne faut pas se laisser envahir par la vie de famille, nous sommes aussi des citoyens ! » Ils l'avaient toujours fait, c'était comme ça. « Il ne peut rien arriver à un bébé, disaient-ils. La nuit, les bébés dorment et s'ils crient, ils finissent par se lasser. » Ensuite, ils ont dit : « Ils sont assez grands ! » Mais ils avaient fait un pacte, et le père passait toujours le premier, quand ils rentraient. Il poussait la porte de la chambre d'enfants et il disait : « Tu peux venir, Madeleine, il n'y a pas de morts, cette fois-ci encore ! » Il n'y a plus personne pour passer devant moi, et j'ai toujours peur, quand je pousse la porte de la chambre. Pour me rassurer, je me redis l'histoire du mari de Madeleine, je suppose qu'il me protège. Eugenio s'est dressé sur son lit. Il m'a dit d'une voix de somnambule :

« Tu sais, je crois que pour la reine d'Angleterre, tu avais raison, elle doit être assez heureuse, j'ai vu à la télévision un reportage sur son château. Il y a plein d'oiseaux. » Et il s'est rendormi.

On se sent seul quand tout le monde dort. J'ai fait une pile de journaux, pour trouver des informations sur notre reine chérie et éviter de penser à demain. Demain, 24 décembre, rien à signaler, essayer de passer en douce, penser 24 Heures du Mans, *24 Heures de la vie d'une femme*. 24 fois 24 moutons ne suffiront pas à m'endormir. Toutes les heures, un carillon. J'ai étudié toutes les robes de réveillon, les derniers trucs pour avoir le ventre plat pendant quelques heures, argile et gélules qui vous essorent les tripes. Quelle confiance il faut avoir dans la vie pour avaler toutes ces choses très mauvaises, et probablement dangereuses.

Un petit encart attire mon attention. Il y a une photo d'Élisabeth II, robe de brocart, chapeau gris souris, un petit chien blanc et frisé dans les bras.

« La reine d'Angleterre a été victime d'un accident dans son château de Balmoral. La souveraine a été légèrement blessée au niveau de l'épaule par un faisan tombé du ciel. Des experts affirment que l'accident aurait pu être plus grave, car la vitesse de chute d'un faisan peut atteindre 40 km à l'heure. »

En son château de Balmoral, la reine est assise par terre. Plumes de faisan sur sa robe. Chevaux qui frappent du talon. Odeur de chasse. Éperviers, peut-être. La mer n'est pas loin, qui bat les rochers. Je fais couler de l'eau pour un bain, j'y mets des algues. Ça fait de l'eau verte.

La cage d'Adam et Ève est posée sur la fenêtre. Je les observe de la baignoire. Il y a là quelque chose d'étrange, et qui fait peur.

L'un des deux canaris est nettement plus gros que l'autre. La vendeuse nous a dit que c'était le mâle, gros et agressif, la plume en bataille, soyeuse mais en bataille, et le chant offensif. Il fixe sans cesse l'autre canari, Ève, toute petite boule jaune et blanche, le canari femelle, hérissée de terreur et tout à fait muette. Il lui barre l'accès à la mangeoire. Mais le doute me saisit. Peut-être n'est-ce pas le gros qui est le mâle, et le petit, la femelle. Ce ne sont que des projections, des façons de penser la force et la faiblesse. Peut-être ai-je sous les yeux une grosse femelle cruelle, que nous avons baptisée Adam, et un petit mâle accablé, qui s'appelle Ève.

Adam n'attaque pas, et la cage est en ordre. Ève

est prostrée sur la petite barre du haut. Silencieuse et tremblante. L'autre la fixe et chante et attend. Je voudrais réveiller Eugenio, j'ai les pires craintes. Un crime se déroule sous mes yeux, me dis-je en ricanant vaguement. Le bain d'algues me fait soudain horreur. Faut-il ouvrir la cage, ou faire semblant de n'avoir rien vu. J'invente sûrement ce drame ridicule. C'est l'heure tardive, Noël et le vin. Ou d'avoir repensé à Freddy, fait de l'esprit avec la pauvre vie avortée de Freddy.

Tremblante et trempée, je vais chercher les graines et tente d'asperger le canari le plus faible d'une petite pluie de céréales. Le gros bondit et je m'écarte. Les céréales sont tombées au loin. Le bourreau empêche tout mouvement de sa victime. Ainsi, je suis capable de ne pas porter secours à un canari sur qui j'ai fondé tant d'espoir, me dis-je.

5

Quand je me suis éveillée, il y avait dehors ce silence des dimanches matin et des jours fériés, cette épaisseur douce de l'air de Paris, opaque de silence. Sapin, fête, cadeaux, dîner, je me suis sentie légèrement exaltée, suffisamment pour repousser les couvertures et tenter une petite réflexion sur la mélancolie qui est une marée, et le courage qui en est la digue. J'ai rêvé à l'histoire du garçon hollandais qui avait découvert, un matin, par hasard, en se promenant, un petit trou dans la digue qui protégeait son village des flots gris de la mer du Nord, un trou minuscule qui risquait d'inonder son pays de polders. Le garçon mit son doigt dans le trou, empêchant ainsi l'eau de passer, empêchant ainsi le pays entier d'être inondé. Juste le petit doigt d'un petit garçon, immobile dans le froid et tout seul, et ne sachant pas si quelqu'un viendrait jamais.

Je me demande s'il n'est pas à moitié mort de froid, en sauvant ainsi sa patrie. Je ne m'en souviens

plus, ai-je grommelé en faisant chauffer de l'eau.
Alors, l'air glacé de la cuisine a été transpercé par
un cri.

« Maman, Ève est morte, Ève est morte ! »

Eugenio avait les yeux agrandis par la peur.

« Pourquoi, maman, pourquoi ? Qu'est-ce qui
s'est passé ? Tu crois qu'elle était malade, qu'elle
s'est suicidée, ou bien qu'Adam l'a tuée ? »

Sur l'étagère au-dessus de la baignoire, tout était
calme, il y avait juste, sur le sol de la cage, le corps
blanc du plus petit des oiseaux.

« Je ne sais pas, Eugenio. »

Je ne trouve rien à lui dire et c'est alors qu'on
sonne.

Sur le palier, il y a un jeune homme à l'air un
peu idiot, des cheveux hérissés, et les joues bleues
de barbe de deux jours. Il dit :

« C'est pour vous ! Joyeux Noël ! » en nous tendant fièrement un bouquet de gardénias blancs, de
lys tigrés, et de roses-thé. Eugenio est collé contre
ma hanche. Le fleuriste voit que nous pleurons tous
les deux et, de manière tout à fait surprenante, soudain moins triomphant, en changeant de ton, il
ajoute : « Qu'est-ce qui vous arrive ?

— Rien de grave je vous assure. » Je me sens
ridicule, je ne sais même pas où est mon porte-
monnaie, il faut sûrement donner un pourboire.

Je sens Eugenio frémir comme si j'avais commis

un sacrilège, en disant ces mots : « rien de grave ».
Soudain, il parle à ce type qu'on ne connaît pas, il
lui parle comme à un ami, à cause de la manière
dont il a posé sa question, ou pour une autre raison
que j'ignore.

« On a un oiseau qui est mort cette nuit. C'était
mon cadeau de Noël, on l'avait acheté ensemble
avec ma mère, parce qu'ensuite c'est fermé, mais on
n'a jamais de chance avec les bêtes, il y a déjà
Freddy qui est mort l'an dernier. C'était un couple
de canaris, et ils devaient être heureux, avoir des
enfants, gagner des concours de chant, ne jamais se
séparer.

— Montre-moi tes oiseaux », a dit le garçon
avec douceur. Il a pris la main d'Eugenio et ils sont
allés à la salle de bains. Le soleil brillait maintenant
sur la cage et le canari survivant chantait, gorge
offerte et plumes lissées, d'une voix incroyablement
mélodieuse.

« Lui, c'est Adam, a dit Eugenio. Par terre, c'était
Ève. »

Sans rien dire, le fleuriste a ouvert la petite porte
de la cage et il a fait glisser dans sa paume le corps
d'Ève. Il l'a examinée soigneusement, puis il l'a
emballée dans un mouchoir en papier, l'a glissée
dans la poche pectorale de sa salopette et nous a
entraînés dans la cuisine.

Il a pris Eugenio sur ses genoux, il s'est mis à lui

parler. L'eau bouillait, et j'ai fait du thé. Au fond on entendait toujours Adam, et les canaris de la cage d'escalier qui avaient commencé à s'envoyer des trilles, des défis roucoulés, des sérénades.

« Ève n'était pas un canari femelle, a dit le fleuriste. C'était un mâle. Un mâle petit, mais un mâle quand même. Votre vendeur a fait une erreur, cela arrive de plus en plus souvent, car on ne leur apprend plus les notions élémentaires de leur métier. Il a assassiné à distance ce pauvre Ève. La présence d'Ève dans sa cage était une provocation pour Adam. Il l'a affamé, assoiffé et achevé. C'est la nature. » Sa voix s'était enflée, pendant qu'il parlait, elle avait pris des intonations passionnées. Je n'ai pas osé préciser que le vendeur était une vendeuse, j'ai craint que cela ne complique encore les choses.

« Je les hais, ces incompétents, ces irresponsables ! a grondé le jeune homme. Tout est comme ça aujourd'hui, des crimes pour cause de n'importe quoi. »

Je l'ai observé, j'étais étonnée, parce que cela n'avait pas l'air d'un prêche, ni d'un discours tout fait, cette colère, et puis je croyais que c'était un truc de vieux, l'indignation, que ça ne se faisait plus, et en tout cas pas chez les fleuristes. Ce qui prouve, une fois de plus, qu'on se trompe toujours, et c'est à vous que je m'adresse, messieurs les soviétologues, les sismologues, les éditorialistes de revue, les commentateurs de la mauvaise évolution de la jeunesse, les habitués de l'Observatoire de nos Mœurs et de nos Coutumes.

« Il faut le punir, a dit Eugenio. Peux-tu m'aider à le tuer ? Je ne sais pas comment faire. L'étrangler est impossible, les oiseaux n'ont pas de cou.

— Il faut enterrer Ève, d'abord, a fait remarquer le fleuriste, sans réagir particulièrement à la proposition. Et puis, il ne faut pas que je tarde trop, on va se demander ce que je deviens, au magasin. Là-bas, on a une sorte de terrain, pour entreposer les branches, les arbres, et les caisses. Si tu veux, on peut creuser une tombe pour Ève. Au milieu des fleurs fanées, il ne sera pas mal, il sera même bien. Si vous acceptez, madame, j'emmène votre fils, on fait la cérémonie, et je vous le ramène. »

J'ai senti un goût de terre dans ma bouche : un oiseau mort, un bouquet anonyme aux senteurs trop fortes, un inconnu proposant une cérémonie funéraire. Sois adulte, réagis, dis : « Non, merci beaucoup, vous avez été formidable, viens, Eugenio », sifflait l'une de mes voix intérieures. Et l'autre voix murmurait : « Pourquoi sait-il de telles choses, ce livreur, demande-le-lui ! »

« Maman, faut qu'on y aille, faut que tu viennes, a dit Eugenio, soudain très gai.

— Je te ferai remarquer que nous sommes en pyjama », ai-je répliqué, en rougissant car je venais d'y penser moi-même, et je déteste plus que tout être surprise en tenue négligée. Cela m'effraie, comme si les vêtements de ville et le maquillage protégeaient des violences, et des jugements aussi.

« On s'habille et on arrive, monsieur, a dit Eugenio.

— D'accord, a dit le livreur, je m'appelle Anton, parce que ma mère adorait Anton Tchekhov, un écrivain russe qui a écrit pas mal de pièces de théâtre, enfin, excusez-moi, vous connaissez sûrement. L'adresse est sur le bouquet, c'est à deux pas. »

Il est parti, après avoir posé sa tasse de thé dans l'évier et jeté un petit regard sombre au bouquet que je n'avais toujours pas mis dans un vase.

On a installé nos fleurs. Eugenio aime m'aider. C'est une des choses que ma mère m'a apprises, les bouquets. Il faut prendre les fleurs une par une, avec patience, et les disposer, elles prennent alors leur inclinaison propre, il y a un minuscule mystère autour de chaque tige, c'est exactement comme l'harmonie. Ensuite, si le bouquet est réussi, il distille dans la pièce sa beauté secrète, sa tranquillité, en même temps que son parfum.

« Qui a bien pu envoyer ces fleurs ? » ai-je demandé à Eugenio. Nous enfilions nos manteaux pour aller chez le fleuriste, la maison était presque rangée, et Adam chantait dans la salle de bains, plus glorieusement que jamais.

« Moi, j'aimerais que ce soit papa », a-t-il dit, très bas, en me regardant courageusement. Et j'ai eu le cœur déchiré. Mais il a continué, d'un ton légèrement docte : « Toi, tu voudrais que ce soit un amoureux magnifique et secret, Federico Fellini lui-même.

— Je te signale qu'il est mort, ai-je répliqué dignement.

— Alors c'est peut-être Brad Pitt, a-t-il riposté, taquin.

— C'est bien possible. On le saura assez tôt », ai-je conclu en claquant la porte. Sans trop insister sur le fait que je ne suis pas certaine de ne pas confondre ce Brad Pitt avec quelqu'un d'autre. On allait à un enterrement quand même.

« Qu'est-ce qu'on fait ensuite ? a demandé Eugenio. Tu n'as pas oublié que Noël, c'est ce soir, qu'on n'a pas encore de sapin, et rien comme décorations dans la maison. Et puis, je n'ai pas envie de m'embêter toute la journée, il faut que tu trouves quelque chose d'inoubliable, comme tu sais le faire, quand tu veux. »

Ce n'est sûrement pas moi qui ai enseigné la flatterie intéressée à mon fils unique. Alors qui ? Et si c'était moi, comment ?

J'ai dit qu'on allait chez un fleuriste, ce qui est un bon début pour acquérir un sapin.

« Ensuite on verra, je t'emmènerai faire les

courses au Bon Marché, ils ont une épicerie de luxe, sûrement des tas de trucs de Noël très marrants à manger, de la nourriture africaine, et c'est ouvert le dimanche. »

Eugenio a bougonné que je ne m'en tirerai pas comme ça. Un enterrement et des courses à l'épicerie ne sauraient constituer une journée de Noël inoubliable.

Le magasin de fleurs était presque invisible de la rue, pas d'enseigne, et des vitres saupoudrées de flocons en coton hydrophile, à l'ancienne. À l'intérieur, il y avait une sorte de jungle, une petite allée entre les caoutchoucs et les bananiers, un carré de sapins debout au fond, et des pots immenses en terre, des jarres de deux mètres de circonférence, remplis de toutes sortes d'azalées, de pétunias, de roses et de tulipes, et de freesias qui sont pour moi la fleur la plus émouvante. Derrière une palissade de joncs et de bambous, il y avait Anton et ses acolytes, en train d'aligner des sapins couchés, un spectacle étrange. Eugenio a bondi de joie et s'est accroupi avec les autres. Moi, je restais plantée là, très mal à l'aise, le nez et les mains rouges, et les yeux larmoyants.

« J'ai notre sapin, maman, je l'ai ! » a hurlé Eugenio, quelques minutes plus tard. C'était un immense sapin dodu, aux mille branches. « Ils sont d'accord, ils nous le soldent ! » Le sapin de la onzième heure, me suis-je dit.

On lui a cloué un pied en croix, pour qu'il tienne debout, et on l'a collé dans un coin, pendant la cérémonie.

Ils avaient un petit dépotoir herbu, ça m'a rappelé mon premier carré de jardin.

J'avais neuf ans et il avait semblé éducatif de m'enseigner la patience et la nature, c'était d'ailleurs la même chose, en plantant des oignons de tulipes, des futurs crocus et des radis. Ce que je voulais, en vérité. J'avais coché des images sur un catalogue de grainetier qui avait un nom de duchesse, et une profusion d'iris, de pensées, et de glaïeuls, ces fleurs imbéciles et prétentieuses, Dieu veuille qu'il n'en pousse jamais dans mon jardin. Le carré de fleurs ressemblait à une tombe. Rien à la surface froide et humide de la terre, que je ratissais avec soin et tristesse, pour en écarter les brindilles, les cailloux et les crottes de taupe. Ça a duré deux ans, au bout desquels enfin quelques crocus ont pointé prudemment. Toutes les tombes ressembleront toujours pour moi à ce carré.

Au milieu du petit dépotoir herbu, il y avait Ève, dans la boîte à chaussures de circonstance, sur un lit de coton, avec des violettes aux quatre coins. Cela m'a touchée, ces enfantillages, on a chanté ce qu'Eugenio voulait, *À la claire fontaine* et *La rue Saint-Vincent*.

Après, j'avais un bon prétexte pour filer. Nous avons remercié et nous sommes partis, avec le sapin.

« Pourquoi fuis-tu toujours, dès que nous nous faisons des amis ? » a demandé Eugenio.

Je n'ai pas répondu : je n'en sais rien, ce n'est pas vrai, et de toute manière, on ne peut pas discuter en portant un sapin énorme dans une rue qui monte.

Nous avions procédé de la manière habituelle, je portais le pied, la partie la plus lourde, du moins le pensé-je, et Eugenio la tête, avec beaucoup de joie. Eugenio chantait. En marchant, je me suis mise à lui raconter, pour la centième fois peut-être, l'histoire de Pouf et de Noiraud et du trou dans le plafond qu'ils avaient fait pour laisser passer la tête du sapin.

« Tu ne grandiras jamais, maman, si tu racontes toujours les mêmes contes pour enfants, tu faneras d'un coup, toute fripée, toute vieille et toute petite, tu devrais faire attention ! m'a fait remarquer mon fils, en soufflant un peu, et la tête du sapin essuyait le trottoir.

— Attention à quoi ? » ai-je répliqué, ulcérée. On n'est jamais trahi que par les siens, a dit Anaxagore de Thrace. Quant à moi, je trouve beaucoup d'enseignements à l'histoire de Pouf et Noiraud, Votre Honneur. Analysons ensemble cette affaire du sapin, cette image inoubliable du rond dans le plafond, pratiqué à la scie, pour éviter d'amputer l'arbre, une maison autour d'un arbre, et non l'inverse, une tête de sapin qui sert d'arbre aux souris du grenier. Ne vois-tu pas ce qu'il y a là de subversif ?

— Tu es vraiment gaga, il est temps de changer de métier, la Bibliothèque, ça ne te réussit pas du tout, toutes ces... », a soupiré Eugenio, en reprenant son fardeau, sans finir sa phrase. J'aime qu'il ait, parfois, du tact.

« J'ai les mains toutes collées de résine, pas toi ? » ai-je remarqué amicalement.

Nous étions presque arrivés. C'était un moment de liberté et de joie, une petite marche complice, j'aimais le regard des passants sur notre caravane.

Une vieille femme aux chevilles usées, un genou bandé et le corps recouvert de pelisses râpées comme la fourrure d'un vieux chat, nous a hélés. Nous avons posé le sapin à terre, on aurait dit un film de Charlot. Elle mettait des enveloppes dans la boîte aux lettres jaune qui fait le coin de la rue.

Elle riait : « J'envoie des lettres, mais ce n'est pour personne ! »

« Elle est folle, elle sent horriblement mauvais,

on ne sait même pas ce que c'est, cette odeur, a murmuré Eugenio. Ça me fait peur !

— As-tu écouté ce qu'elle a dit ? On dirait une devinette ! lui ai-je fait remarquer, c'est peut-être le Sphinx lui-même, qu'en sais-tu ? »

Près de la dame, il y avait une charrette comme celle des vendeurs des quatre-saisons croulant sous les sacs en plastique, une montagne branlante de choses emballées dans des chiffons et dans du papier journal, une poêle trouée, une ribambelle de casseroles minuscules, des jouets, des dizaines de pulls en laine feutrée, des tubes de crème, des boîtes de pastilles à la Bacitracine, des pelotes d'on ne sait quoi, des bouquets de stylos-feutres. Une tête d'ours dépassait d'un pochon. Des boîtes de conserve et des quantités de ficelles, un plateau fêlé et des pieds de tabouret couronnaient cet entassement précaire.

La dame a continué :

« Ils sont Tous partis depuis Longtemps, mais les Gens des Impôts ne le savent pas. Ce sont Leurs Impôts que je renvoie ! C'est Toujours pour Noël qu'ils ont leurs Rappels, et moi, je Renvoie, je Renvoie ! Heureusement que Je suis là ! »

Eugenio a raison, me suis-je dit, elle est simplement folle, il n'y a là aucune métaphore, aucune magie, juste une vieille femme bousillée. Quel sale mot ! Tellement utile pour fermer la porte derrière soi, oublier. Mais si tout cela n'a aucun sens, d'où vient alors que lui, il ait si peur, et que moi, je me sente si proche de ce déménagement, de ces obsessions des petits paquets, de la vie emballée, de cette parodie.

« Allez, dépêche-toi, ai-je dit à mon fils, si nous continuons à baguenauder, ce sera encore une journée à jeter à la poubelle ! »

C'est une expression, je le reconnais, qui me fait beaucoup rire.

Pour décorer le sapin, nous avons mis l'escabeau, c'est indispensable, et accroché tout ce que nous avions sous la main. Il y a chez moi, comme partout, un carton rempli de boules de verre, souvent fêlées et cependant rescapées d'autres Noëls. Il y a des guirlandes qui perdent leurs poils et un tas d'ornements plus ou moins originaux.

Eugenio les connaît par cœur, et affectionne spécialement d'immondes bonshommes en pâte cuite décorés de perles à enfiler que nous avons confectionnés au fil des ans. Nous avons même une guirlande électrique rouge et verte clignotante. Le regretté Freddy Buache n'a pu venir à bout de nos plus belles boules qui sont des coques de je ne sais quoi, peintes en carmin et filées d'or, divines.

Quand le sapin est entièrement couvert de décorations, nous prenons du recul pour voir l'effet qu'il produit.

« C'est le plus beau que j'aie jamais vu ! dit Eugenio, en se serrant contre ma hanche.

— Jamais nous n'en avons réussi de si parfait ! » Je lui rends son serrement et je renchéris. Il y a même une étoile du berger tout en haut, comme un genre de petit chapeau pour dame. Un sapin réussi doit ressembler à un dessin d'enfant. Sur les dessins, il y a toujours une étoile.

Et comme le sapin est fini, nous sentons que l'ennui et la peine vont nous envahir.

« Je crois que tu as encore oublié de nous faire à manger, maman, dit Eugenio, taquin.

— J'aimerais que ce soit possible ! » Je ris et je lui sers du jambon et de vieilles coquillettes replongées dans l'eau bouillante pendant deux minutes. Pas mal, comme déjeuner de Noël. Assis sous le sapin, nous sauçons nos assiettes en carton avec du pain de mie entièrement chimique. Et nous goûtons, je crois, sans même le savoir, à la beauté du monde.

« Alors, c'est quoi ton idée ? » a demandé le vampire de mes jours.

Les assiettes en carton avaient disparu, la maison était jolie, je me sentais tranquille et désœuvrée. Devant nous, le rideau rouge, que j'avais relevé de chaque côté, donnait à nos paroles une très légère solennité. Dehors, le petit tableau vert fumait vaguement sous la pluie fine et probablement glaciale. Le chemin de moquette ondulait vers le sapin qui rayonnait de tous ses feux électriques. J'ai eu une pensée affectueuse pour les Aborigènes et les temps anciens où j'étudiais tranquillement leurs secrets, avant de me résigner aux fiches, aux horaires, aux grilles et aux fantômes de la Bibliothèque. Cette époque si proche où j'ignorais que le temps était un piège cruel pour les rêveurs.

Adam-le-cruel dormait sans doute, on entendait au loin le chant inlassable venu de la cage de l'escalier.

« Trois choses à faire, ai-je dit à mon petit soldat de Noël. La surprise et les deux corvées, dans l'ordre qui te convient. »

Que de temps tu perds à discuter de broutilles ! murmuraient derrière moi les espions pédagogues qui ne me quittent jamais et ne se taisent pas davantage.

« Corvée, surprise, corvée ! »

C'est cela, l'éducation, cette promptitude à se déterminer !

Nous avons donc commencé par organiser l'exil provisoire d'Adam. C'est ce qu'Anton, le fleuriste-croque-mort, avait recommandé : une sorte de mise à l'épreuve, qui n'était pas sans inquiéter Eugenio.

« Pourquoi ne pas le mettre avec les autres oiseaux qui chantent dans l'escalier ? Si votre Adam est un tueur véritable, ils le liquideront, sinon, il sera heureux. Ne le gardez pas là, le petit va y penser tout le temps ! » m'avait-il conseillé. Et j'avais imaginé Eugenio se faufiler la nuit près de la cage, son Opinel à la main, pour venger le pauvre Ève. Et Anton avait ajouté, en souriant d'un air un peu fat : « Loin des yeux, loin du cœur. »

« On aura un problème avec son chant, ai-je objecté.

— Pas du tout, car le proverbe ne dit pas : " loin des oreilles ! " » avait rétorqué Anton, qui, décidément, était un être d'exception.

Nous avons donc transbahuté Adam, ses graines et son rocher, jusqu'à la cage de l'escalier. J'avais la sensation grisante d'être une fille Bouglione, dans son numéro de dresseuse de fauves. Adam a obéi sans hésiter à mes injonctions et s'est glissé dans la cage royale, tout blanc au milieu des six autres canaris jaunes et rayés. Il s'est perché sur une balancelle du haut, et a lancé une vocalise, reprise en chœur par ses hôtes.

« Ils n'ont pas l'air de savoir que c'est un tueur ! a remarqué Eugenio, un peu déçu. Le goût du sang vient très vite.

— Dépêche-toi, mets ton maillot, je t'emmène à Aquaboulevard ! » ai-je répliqué. Nous avons

empilé des affaires dans un grand sac et nous avons
sauté dans un taxi.

Aquaboulevard, c'était notre rêve. Nous n'y
étions jamais allés. Eugenio en parlait sans cesse,
et moi j'étais conquise depuis que j'avais vu la
publicité au cinéma : une vraie plage, de vraies
vagues, des toboggans d'au moins un kilomètre de
long, au milieu d'une sorte de forêt tropicale, des
jacuzzis sous les palmiers. On voyait une femme
genre secrétaire grisâtre, complètement trempée par
une sorte de blizzard, un soir d'hiver, place de la
Concorde, se transformer en naïade joueuse, rien
qu'en passant le portillon du métro de la porte
de Vanves, rien qu'en franchissant l'entrée de ce
complexe magique nommé mystérieusement Forest
Hill.

Nous avons pris un taxi. Je l'avoue avec honte.

« Tu donnes de mauvaises habitudes à ton fils,
m'a fait remarquer Nicole Beurré, une collègue de
la Bibliothèque pédagogique, le jour où je lui ai
imprudemment raconté une expédition de ce
genre. Il croira que prendre un taxi, c'est naturel.
Nous avons quand même les meilleurs transports
en commun du monde. Ils ne sont pas faits pour
les chiens. »

J'ai dit que j'avais même l'impression qu'ils
étaient interdits aux chiens. Recevez, cher Chien,
l'expression de nos regrets, comme disait approxi-

mativement une jolie lettre envoyée par un labora-
toire d'analyses à un de ses clients. J'ai dit que dans
les pays du Sud, il y a des taxis partout, j'ai dit que
les taxis étaient mon plus grand luxe, et qu'on ne
critique pas ceux qui prennent leur voiture pour
rien, leur petite voiture personnelle où ils sont tout
seuls, avec leur petite couverture écossaise qui pue,
et les trucs qui traînent sur la banquette arrière
depuis des siècles, et ces gens-là qui assassinent
benoîtement trois cents personnes juste par pollution de l'air, chaque année, je l'ai entendu aux
informations, on ne leur fait aucune remarque sur
la mauvaise éducation que cela constitue, cette légèreté. Le taxi qui nous emportait vers le paradis était
conduit par une sorte de Schtroumpf rose coiffé
d'un bonnet en laine multicolore d'où jaillissaient
des buissons de cheveux noirs. Il a tourné vers nous
un visage rond, décoré de poils bizarrement plantés.
Chez d'autres, on aurait appelé ça des sourcils ou
une moustache, chez lui, c'était simplement un
genre de désordre. Il nous a fixés à travers
d'énormes lunettes à double foyer qui lui faisaient
des yeux de mouche et, tout en évitant de justesse
un piéton téméraire, un réverbère mal placé et un
trottoir proéminent, il s'est mis à parler, en agitant
les bras devant lui et en plissant le front d'un air
furieux.

« Vous savez comment il faut faire pour draguer

une femme ? expliquait notre chauffeur, en poussant de grands hennissements de gaîté. Parce que c'est Noël, hein, et c'est dimanche, faudrait voir à pas l'oublier ! Alors, pour draguer une femme, c'est bien simple, vous lui dites juste le contraire de ce qu'elle est. Elle est moche, vous dites : " Y a pas plus belle que toi ! " Elle est bête, vous lui dites : " T'es un génie ! " Elles y croient toujours ! Plus c'est pas vrai, et plus elles nous croient ! »

« Pourquoi il nous explique ça ? m'a murmuré Eugenio.

— Je ne sais pas. Je ne crois pas que cela soit spécialement pour toi et moi », ai-je répliqué, très bas aussi, et perplexe. Peut-être que Nicole a raison, et qu'on ne devrait pas prendre de taxis avec un enfant en âge d'écouter la conversation.

« Et d'ailleurs, est-ce que vous aimez Depardieu ? a enchaîné le chauffeur, soudain rembruni. Vous seriez le genre à l'aimer. » On arrivait près de l'ensemble en béton en forme de rien de spécial qui abrite l'Aquaboulevard. J'ai murmuré un indiscernable et hypocrite *oui-non* en sortant cinquante francs, déjà prête à bondir hors de cette voiture piège.

« Parce que moi, je le hais, Depardieu, a continué le taxi, tandis que nous nous éloignions, je le hais, et j'ai mes raisons ! Ma femme m'a quitté à cause de lui ! »

« Tu crois que c'est vrai ? » a dit Eugenio, en fourrant ses mains dans ses poches. On fendait la bise glaciale qui est indissociable des dalles en béton.

Il avait été plus rapide que moi. Le premier qui pose la question a gagné, dans ces cas-là. J'ai dit : « Et toi ? » d'un air que je souhaitais dubitatif, mais qui n'était qu'une pauvre grimace de froid.

« Moi, je crois que oui ! » a affirmé Eugenio, et l'évocation de ce drame — Depardieu, le chauffeur et sa femme — nous a donné du courage.

L'accès à notre rêve passait par un genre de hall de gare moderne, des centaines de mètres à franchir, des magasins de sport arborant des vitrines remplies de maillots de corps en synthétique rouge et blanc, très échancrés. Il y a aussi des balles de toutes sortes, des gants de boxe, des sweaters et des raquettes, des chaussettes et des baskets, des survêtements tricolores et des vestes polaires, des haltères violettes, des ballons pour muscler l'intérieur des cuisses et renforcer les pectoraux, un univers en expansion, voué au neuf. À quoi peut-on deviner qu'un commerce a ainsi le vent en poupe, je ne le sais pas. On dirait un magasin de jouets pour adultes, m'a dit Eugenio, il y a sûrement une odeur comme au Train bleu, à l'intérieur.

Au bout du hall, nous avons pris un long couloir qui sentait l'amiante, deux escalators, un tournant ou deux, traversé encore un hall rempli de cabines de Photomaton qui vous éternisent avec l'un des cent un dalmatiens sur les genoux et Blanche-Neige à côté. Plus loin, une rangée de distributeurs de boissons pétillantes précédait un libre-service de bonbons, il était impossible de résister à l'achat de deux cents grammes de bonbons au choix, des bonbons énormes, très colorés, sans nom, parfaitement visqueux et rapidement collants.

« Les nouveaux bonbons ne ressemblent à rien ! ai-je dit à Eugenio avec un indiscutable mépris, et une pensée affectueuse pour les berlingots et les Mi-cho-ko d'autrefois.

— Ici Radio-Nostalgie, des Français parlent aux Français ! a-t-il rétorqué en hâtant le pas.

— Depuis quand cites-tu le général de Gaulle ? ai-je demandé, prête à m'enthousiasmer.

— Le général Degol, c'est qui ? Je te parle du *jingle* d'un dessin animé très drôle que tu connais pas, les aventures d'une chauve-souris radio-amateur, Golda. Ça te plairait : c'est une fille chauve-souris très courageuse, et elle est colonelle. Colonelle de bataillons héliportés. Elle dit toujours " Des Français parlent aux Français ". »

Je n'ai pas répondu. Nous étions arrivés.

« Regarde, on voit les vagues ! » a hurlé Eugenio. Au-dessous de nous, au travers d'une immense baie vitrée, on voyait une marée de têtes ondoyer au rythme d'une houle — inspirée à mon avis au concepteur par une reproduction de Hokusai — et qui allait claquer un peu plus loin. Cela faisait penser au Gange, à cause de la foule pataugeante et clapotante, mais un Gange de dessin animé.

« Il ne manque que les chauves-souris ! » ai-je dit à mon fils qui m'a regardée avec méfiance.

Il a fallu comprendre le système des vestiaires et des casiers qui font, j'en suis sûre, la fierté du créateur de la piscine. Un labyrinthe de combinaisons à six chiffres, de portes qui ne s'ouvrent que quand les autres sont fermées et qu'on a mis une pièce de deux francs. Une sorte de front de l'hygiène.

Cela paraît légitime jusqu'au moment où l'on plonge dans l'immense baignoire collective et surchauffée qu'est Aquaboulevard. Soudain, tout devient limpide : l'hygiène est dehors et le danger dedans.

Les tropiques ressemblent au RER, à la foule du RER, avec les odeurs du RER, la promiscuité du RER, les matériaux du RER. Je suis dans le RER, me dis-je avec désespoir. Nue, dans le RER. Le plus terrible, c'est que les autres voyageurs, habituellement emmitouflés, sont également nus, vraiment presque nus, puisque la mode est au string. La mode a l'air aussi d'être aux furoncles. Et les gens doivent avoir au moins quatre pieds chacun, tant on voit de pieds partout.

« Tu te ramènes, maman ? » a crié Eugenio. Il était déjà à la plage, en train de courir sur le béton tropical, vers la vague tropicale immense et sa clameur. Je me suis jetée à l'eau, je me suis jetée dans cette eau de Javel presque pure, et ce chlore puant, en essayant de me pincer le nez, en essayant de chasser cette image désagréable de corps trop nombreux et trop proches. L'eau sépare moins bien que l'air, me suis-je dit. J'avais l'impression de partager une salle de bains avec cinq mille personnes inconnues.

La lumière qui baignait ce paradis avait la qualité jaunâtre et sinistre de celle que délivrent couramment les ampoules des salles d'eau. Grâce à ce dispositif, les gens étaient tous moches, livides et mal bâtis.

À dix-huit ans, j'ai gravi ainsi l'Acropole au milieu de cinquante mille autres clampins touristes, et je n'oublierai jamais le sentiment de mort et de dégoût qui m'a saisie en regardant les cars vomir leurs chargements de shorts et de cuisses, de baskets et de bobs, d'appareils photo posés sur des ventres trop ronds, et d'enthousiasmes bruyants, le nez sur le guide. L'année prochaine, on fera l'Etna ! Nous sommes trop nombreux sur la terre, mais à certains moments, c'est saisissant. Il faut lutter pour ne pas imaginer toutes ces joyeuses bouilles allongées mortes, un cimetière imminent.

« Tu fais ta tête de fourmi, maman ! » a gentiment dit Eugenio, qui était venu bondir autour de moi comme une otarie qui a vu du poisson. Chaque ruade se traduisait par un demi-litre de chlore dans chacun de mes yeux. « Tu ne serais pas en train de faire une théorie pour ne plus jamais m'emmener ici ? Parce que je te préviens que j'adore, je me suis déjà fait un copain, et puis il y a les toboggans géants, allez, arrête de penser, viens, tu vas t'amuser ! »

Il y a eu un silence, je me frottais les yeux, en ne pensant à rien, peut-être à du collyre. Il m'a regardée de haut en bas.

« Tu n'as pas mis un très joli maillot, il est trop décolleté, je trouve, et ce vert, c'est horrible. Où tu l'as eu ? Il est tout brillant, en plus ! Heureusement, dans l'eau, ça ne se voit pas, tu n'auras qu'à t'emballer dans ta serviette en sortant, si tu veux aller au bar fumer une cigarette.

— Trop aimable ! » ai-je grommelé. Et je les ai suivis, son nouvel ami et lui, vers le fameux toboggan qu'il faut avoir expérimenté avant de mourir.

C'était bien. Pas trop rapide, pas trop lent, très drôle, rien à reprocher, sinon la file d'attente de vingt minutes et les hurlements du moniteur chargé de la régulation du trafic : « Interdit de se tenir à plusieurs, interdit d'avoir moins de douze ans et de monter seul, tu as quel âge, toi ? » Une atmosphère de commissariat.

« Comment s'appelle ton ami ? » ai-je demandé à Eugenio entre deux glissades. Il m'a regardée d'un air navré.

« Je ne sais pas.

— Ah ! bon.

— Qu'est ce que ça peut faire ?

— Rien. »

Je les ai laissés à leurs amours et j'ai rejoint la plage.

J'ai choisi un transat légèrement isolé et pris une cigarette. Les cigarettes que l'on fume en sortant de l'eau ont toujours été mes préférées. J'ai sorti mon livre de chevet, *Men in Dark Times*, de Hannah Arendt, et je l'ai ouvert sur un poème de Bertolt Brecht *La Ballade des secrets de tout un chacun*. La première phrase dit :

Chacun sait ce qu'est un homme. Il a un nom.
Il marche dans la rue. Il va au café.

Et cela m'a plongée dans une rêverie profonde, comme si cette phrase en disait long sur ma présence fantomatique, ce dimanche de Noël, assise toute seule, presque perdue en vérité, un peu floue dans mon maillot vert, un peu flottante dans ma peau verte, sur la plage en ciment d'une piscine géante. Je me suis mise à marmonner une petite chanson :

Personne ne sait ce qu'est une femme, elle n'a pas de nom.
Elle marche dans la rue, et ne va pas au café.

Balivernes qui n'ont jamais mené nulle part, me suis-je dit, les femmes vont au café, enfin, à vrai dire, pas partout, et à leurs risques et périls, mais est-ce si intéressant d'aller au café, me suis-je morigéné, et sévèrement, même ! Ne mets pas ton malheur sur le dos des autres, d'ailleurs tu serais bien en peine de le décrire ! Une femme accompagnée d'un petit garçon passe son après-midi à la piscine ! Quelle misère ! J'ai ricané, mais ricaner toute seule n'est pas tellement agréable.

J'ai aspiré une bouffée de cigarette, surveillant du coin de l'âme mon aptitude au bonheur. Mais, au lieu de la sensation de paix que j'attendais, j'ai été envahie par un goût infect. J'ai craché bruyamment par terre, m'attirant les regards réprobateurs et hostiles de mes voisins.

Quelque chose dans l'air donnait à la cigarette une saveur ignoble. J'ai couru au bar, ni l'eau ni le soda ne l'ont fait passer. Tous les parfums de l'Arabie ne sauraient effacer le goût de l'eau d'Aquaboulevard, ce goût de bile, telle est la vérité.

Je suis revenue à ma place, les voisins bavardaient.

« Savez-vous que les Erjean ont adopté une petite fille noire », disait une dame élégante, coiffée d'un bandeau blanc plutôt loufoque, maquillée comme en 1950, eye-liner autour des yeux, ombres gigantesques sur les paupières, assise au bord de son fauteuil sur la pointe des fesses. « Oui, cette famille, vous savez, où l'oncle est mort l'an passé en arrivant chez lui, un soir, il avait cinquante-deux ans, ça peut arriver, mourir au volant de sa voiture, comme ça, sans prévenir, à juste cinquante-deux ans !

— Avec tout ce qui se passe en Afrique ! a répliqué la seconde, une femme plus âgée, en se grattant la jambe d'un air très convaincu.

— Des Erjean, il y en a partout, a repris la première, mais ceux-là, ils les accumulent ! »

Elles avaient des voix denses conçues spécialement pour cette petite plage en béton, au milieu des cris, de ce bruit spécial, rires, résonances, clapotis. Je me suis demandé ce que cela pouvait signifier, « Il y a des Erjean partout ». C'était plutôt poétique.

Je me suis replongée dans mes *Vies Politiques* :

> *Par cinq brasses sous les eaux*
> *Ton père englouti sommeille*
> *De ses os naît le corail*

De ses yeux naissent les perles
Rien chez lui de corruptible
Dont la mer ne vienne à faire
Quelque trésor insolite.

« Où est Eugenio ? » me suis-je soudain demandé, le cœur serré, alertée sans nul doute par le message de Hannah Arendt, par son rébus trop lisible. Pourtant, je sais qu'il faut apprendre à le laisser tranquille, on me le dit tous les jours, comme si ce conseil recelait aussi une menace. Oui, il faut le laisser aller en paix, et même à la guerre, et se contenter d'écouter d'où vient le vent sans se faire de mouron.

Les voisines passaient en revue leurs connaissances, collectionnaient des malheurs solides comme du bon pain, les morts, les blessés, les infirmes en tout genre.

« Vous savez que nous n'allons plus du tout à la campagne ? a dit la femme au bandeau blanc, Philippe a toujours eu horreur de ça ! Alors, depuis que la gardienne s'est suicidée, j'ai renoncé aux escapades des Chenevières, ce n'est pas plus mal, cela nous épargne ces horribles embouteillages du dimanche soir. À la place, je viens ici, surtout pour les UVA et le jacuzzi, et le professeur de gymnastique du cours de onze heures. »

J'ai admiré cette manière qu'ont certaines personnes de s'organiser une vie qui présente bien, un emploi du temps toujours pimpant, j'aurais aimé demander pourquoi la gardienne s'était suicidée. J'ai imaginé la maison de campagne, des rosiers grimpants qui sentaient la pomme, une prairie qui descendait vers la rivière, un jardinier caractériel, qui ratiboisait férocement la moindre pâquerette de pelouse mais n'avait pas son pareil pour égaliser les haies. J'ai imaginé la gardienne noyée.

« Elle ne tournait pas rond depuis longtemps, imaginez, une étrangère, toute seule dans ce patelin perdu, sans famille, ni rien, avec les bruits qui couraient sur elle, que le boulanger lui aurait fait un môme, ce qui paraît étrange, vu que sa femme était quand même beaucoup mieux. Nous, nous l'avions prise par pitié. Philippe était convaincu qu'elle piochait dans les provisions de pâtes et dans les boîtes de thon. Ça ne m'a jamais dérangée, on n'est pas à un petit pois près », a continué la femme au turban, et l'autre l'écoutait bouche bée, nous l'écoutions toutes deux. « Et avec ça, pas d'homme à la maison, et trois grands garçons à moitié débiles, un tourment permanent. Elle en perdait ses cheveux, une horreur pour une femme de même pas quarante ans. Elle avait trouvé un travail à domicile, coller des enveloppes pour le Crédit mutuel, et puis on l'a licenciée. Elle est montée dans le grenier et elle s'est pendue, comme ça, sans prévenir, sans un mot d'explication. Ils ont parlé de dépression, ou de décompression. »

Aquaboulevard m'a asphyxiée. J'ai couru autour des bassins pour retrouver Eugenio et son ami. Ils sautaient dans une sorte de cabine d'ascenseur remplie de balles élastiques et semblaient tout pâles.

« Allez vite, on s'en va ! » ai-je crié à travers les parois vitrées de la cage.

Eugenio est sorti et s'est écroulé à mes pieds, évanoui.

Je me suis jetée à genoux, en lui donnant des claques sur les joues, instantanément trempée de sueur, la sueur de la peur, en le couvrant de baisers, et en l'appelant par son nom.

« Vous inquiétez pas, madame, a dit son copain, qui n'avait pas l'air étonné, moi aussi j'ai mal au cœur, c'est à cause du chlore, ça arrive tout le temps, ils disent que c'est un mauvais réglage, Eugenio est plus petit, alors ça lui aura porté sur le système.

— Va vite me chercher l'infirmière ! » ai-je murmuré. Il avait raison, ce garçon sans nom. Eugenio s'est réveillé, il a entouré mon cou de ses bras qui sentaient affreusement l'eau de Javel, et il m'a dit :

« On s'en va ?

— Ne bouge pas, on attend l'infirmière ! ai-je rétorqué.

— Mais non, j'en veux pas, elle va me faire une piqûre ! »

Je me suis dit qu'il avait raison. Au loin, l'ami d'un jour revenait sans personne.

« C'est fermé à cause de Noël, a-t-il expliqué, mais ne vous inquiétez pas, madame, il va vomir un peu peut-être, c'est arrivé à mon petit frère. Il n'a qu'à boire du lait, je l'ai vu à la télévision, c'est le remède, quand on est empoisonné. Et puis ce sera vite fini. »

J'ai eu les larmes aux yeux. On s'est dit au revoir.

« Il était très gentil, ce garçon », ai-je dit à Eugenio, pendant que nous nous éloignions. Comme si j'avais voulu lui recruter un ami.

« Toi, tu fonds dès qu'on te parle ! m'a répondu Eugenio. Il était normal, c'est tout. C'est un orphelin, c'est pour ça qu'il était sympa avec toi. »

Ces deux phrases m'ont frappée, et je ne les ai plus jamais oubliées. Elles signifiaient un tas de choses, aussi bien douces qu'inquiétantes.

« Alors, qu'est-ce qu'on mange ? » a aussitôt enchaîné mon fils.

Avec entrain, j'ai reparlé de l'épicerie du Bon Marché, j'en ai fait une sorte de caverne d'Ali Baba, de Luna-Park de la nourriture.

« Tu verras, cela t'amusera !

— Ça m'étonnerait », a-t-il annoncé sèchement. Et son ton un peu cassant m'a rappelé cette vérité qui me vient de ma mère : les bons moments finissent toujours mal. Ce qui est bizarre, c'est que cela ne change rien. Et que, dans ce domaine, comme dans tous les autres, l'expérience est inutile. À se demander parfois d'où vient ce mot qui n'a pas d'usage : *expérience*.

Je fumais cigarette sur cigarette en marchant dans la nuit, ça nous faisait un petit phare. Les serviettes mouillées avaient transpercé le sac qui, à chaque pas, frappait ma jambe de larges claques.

« Si tu veux, je peux te déposer à la maison et aller acheter notre dîner de réveillon toute seule, ai-je proposé.

— Je n'aime pas rester tout seul quand c'est la nuit. »

Nous sommes arrivés devant le grand magasin illuminé, une aura de bouderie nous entourait comme un petit nuage radioactif.

6

« Alors, c'était comment, cette soirée de Noël ? »
m'a demandé Clotilde Ouspenski, le matin, au
bureau. Il était neuf heures et demie, et toutes les
filles avaient l'air de marmottes arrachées au terrier
par un tremblement de terre. Je dis *filles*, bien que
nous soyons toutes des femmes entre trente et cinquante ans. Je ne sais pourquoi nous avons pris
l'habitude un peu godiche de nous nommer ainsi.
Dans les entreprises où ne travaillent que des
femmes flotte éternellement un petit air de pen-
sionnat.

Seule devant son téléphone, avec son opiniâtreté
coutumière, Wendy Cope, la standardiste, se
maquillait, comme tous les jours, son matériel étalé
devant elle. Dans l'ordre : fond de teint, fard ocre
pour creuser les joues, ombres roses sur les pommettes, drôle ce mot de pommettes, poudre, mas-
cara, ombre à paupières et eye-liner. Rien sur ses
lèvres pâles. Avant, elle venait en voiture, elle avait

le temps de s'en occuper aux feux rouges, mais quand elle a divorcé, son mari a gardé la voiture. Elle a continué à se maquiller, mais en arrivant. Elle explique très bien qu'elle n'a jamais le temps de le faire avant. Wendy a deux petites filles, nous en parlons souvent. J'aime bien l'air tiède et monotone du bureau le matin. Une ouate légère de silence, qui est progressivement grignotée par nos bavardages.

On entend, de bureau à bureau, tant les parois sont minces, le bruit des enveloppes qu'on déchire, les boules de papier qui partent à la corbeille. Les ordinateurs poussent leurs petits couinements. Il y a les besognes rituelles : enregistrement des nouveaux livres, fiches à confectionner, index. À partir de onze heures, le téléphone sonne pour les rendez-vous de personnes qui veulent une assistance à la documentation, et l'après-midi, les gens viennent lire librement dans la salle du rez-de-chaussée, jusqu'à dix-huit heures trente. Ce sont des femmes, pour la plupart. Nous avons dix tables de bois clair, qui font un peu école et un peu salon de thé. Chacune des tables est éclairée par une lampe différente, une lampe à pied de porcelaine, qui diffuse une lumière douce, propice à la réflexion. J'adore contempler, le soir, les dix ronds de lumière sur le bois des tables et les livres étalés, entassés, dépecés. Viennent le plus souvent des professeurs qui ensei-

loques. Mais nous ne savons toujours pas comment Nouk a passé le réveillon.

— Avec Eugenio, ai-je répondu sobrement.

— Eugenio tout seul ? Tu es complètement folle ! a dit Nicole, en approchant sa chaise. Tu vas le rendre dingue, ton nain, avec ce tête-à-tête permanent ! Il n'y avait personne, ta famille, vos anciens amis ? Noël, ma pauvre, c'est une fête collective, un vieux rite de passage, pour supporter l'absence de lumière qui est si meurtrière, pour en finir avec les jours les plus courts, annoncer que la vie reprend, et qu'au fond de la terre, les récoltes germent et invisiblement se préparent.

— Eh bien, nous avons innové, et fait une petite fête tous les deux », dis-je bravement.

Je pourrais leur raconter le Bon Marché, où nous sommes arrivés vers sept heures du soir. Il y avait là un certain nombre de ratés de la fameuse fête, toute une rangée de vieilles personnes, qu'on aurait dit abandonnées, comme les chiens l'été, au bord des autoroutes. Il y en avait bien sept ou huit, assises comme dans une garderie, le regard flou, ou concentré sur leurs genoux, sur leur canne. De toutes petites vieilles personnes, pâles comme des linges et muettes comme des carpes. Avec de minuscules bouches édentées et d'immenses mains repliées sur leurs cannes.

Eugenio a décroché un Caddie et s'est installé

gnent dans les instituts de formation des maîtres, des sociologues de l'éducation, des conseillers pédagogiques qui essaient d'avoir une promotion, des étudiantes qui cherchent un sujet de maîtrise, des psycholinguistes. Et puis des gens, n'importe qui, une ingénieur des Ponts et Chaussées, un ouvrier métallurgiste en stage de reconversion, un podologue sportif, une banquière qui attend un enfant, et venir ici est sa manière d'attendre. On voit de tout. Notre Bibliothèque de Recherche sur la Pédagogie et l'Enfant est connue dans le monde entier, et c'est en même temps un endroit protégé, une sorte de terrier à l'abri de tout, un monastère où je me suis réfugiée.

Il y a parfois des journalistes célèbres. Mireille Dumas est venue une fois, ses assistantes ont ensuite pris le relais pour préparer un sujet sur les enfants qui sont devenus fous, parce qu'on leur a appris à lire avant deux ans. C'est un courant pédagogique — la lecture avant deux ans, pas la folie — qui s'est développé il y a quatre ou cinq ans, lancé par le docteur Chapiron, et inspiré par le succès immense qu'avaient eu les livres d'Arthur-le-surdoué et de ses parents.

L'âme humaine, et spécialement celle des enfants, est un marché magnifique. Nous en sommes une petite échoppe.

« Alors, moi, je reste comme je suis ! » a dit Nicole, en fixant sombrement le poudrier de Wendy. Nicole est un peu notre chef. Quoi qu'elle fasse, et n'importe où dans le monde, elle serait un peu chef. Elle est spécialiste des mythes de la virilité dans les sociétés amérindiennes et ne se maquille en vérité jamais.

« Se maquiller un 25 décembre, qui est un jour férié partout, ça me ferait mal.

— Tu exagères, a dit Clotilde, ils ont fait ça pour nous faire plaisir, remplacer le 25 par deux jours fériés au choix. Nous avons un tel retard dans nos inventaires, un tel retard ! Moi, j'ai pris le 21, le 22 et le 23 c'était samedi, comme ça, ça nous a fait quatre jours pour préparer la fête avec les enfants. On ne peut pas avoir le beurre et l'argent du beurre. Et puis aujourd'hui, les miens, ils sont restés avec leur père. Cela ne leur arrive jamais ! »

On aurait dit qu'elle relatait un triple saut périlleux arrière.

« C'est ça ! » a dit Nicole, en rigolant à demi, et sa voix était un peu tendue, traversée par la colère. « C'est pour faire entrer dans le crâne de nos moutards que nous ne sommes pas des mères au foyer, et qu'ils nous doivent respect et assistance. C'est pour nous aider à lutter pour l'égalité dans le couple qu'ils nous ont volé le jour de Noël ! Moi, de toute façon, je pars demain, et je ne reviens que

lundi prochain. Clotilde et Nouk, vous garderez la maison ! J'ai des jours, et je les prends. »

J'ai éprouvé de l'admiration pour elle, bien que je déteste le mot *moutard*. Nous sommes toutes féministes, à la Bibliothèque, même si nous ne prononçons plus jamais ce mot qui sonne comme une condamnation à la lourdeur, ces temps-ci, et éventuellement au malheur aussi. Mais il y a les âmes fortes et les cœurs défaillants. Les seconds agacent les premières à cause de leur mauvaise volonté, de leur mauvais esprit, de leur névrose d'échec, c'est le nom qu'on donne actuellement à l'aliénation d'avant-hier, à l'oppression d'hier, à la mouise de tous les temps. Nous ne lisons pas tous ces livres pour rien, nous changeons de vocabulaire au quart de poil, les nouveaux mots nous accompagnent, ils nous influencent et, au moins, si nous ratons nos vies, nous savons à qui nous en prendre. Mais quoi qu'il en soit, quel que soit le syntagme en vigueur, et peut-être aussi à cause de tout ce tangage linguistique, cela fait longtemps que je ne vois plus les choses comme Nicole, de cette manière tranchée et propre. Parfois, la nuit, je rêve d'un monde divisé en deux : les lâches forment le grand bloc, les résistants sont le tout petit bloc. C'est le petit bloc qui gagne.

« C'est bien joli, tout ça ! a repris Clotilde, qui adore s'occuper de ma vie, ce tissu qui part en

dans le siège d'enfant. Il n'aurait pas fallu le laisser faire, il est trop grand. Nous étions un peu ridicules, et cela m'était égal.

« Tu me pousses ! » a-t-il intimé, toute mauvaise humeur oubliée.

Nous adorons ce genre de jeu dans les allées remplies d'emballages bien rangés. Nous avons fait des schuss épicerie-primeurs, des huit de toute beauté aux fruits et légumes tropicaux, des slaloms entre les conserves asiatiques et les biscuits anglais. Il y a une géographie du supermarché, qui le rend sympathique à ses familiers et hostile aux étrangers, comme un village. C'est un paysage logique, qui obéit à des règles nombreuses et amusantes, qu'on nomme marketing, mais qui sont aussi une conception du monde, farcie de pièges innocents, qu'on appelle les lois de la séduction.

Eugenio est toujours au courant des nouveautés que tout le monde doit avoir chez soi, je ne sais pas d'où il le sait. Il a orienté le Caddie vers les brownies aux amandes blanches, le jambon aux cerises, les litchies frais, les mousses au chocolat à la chantilly, les compotes bananes-lait de coco.

« Et voilà, a-t-il dit, c'est le dîner, on prend deux cassettes et c'est bon. » J'ai frémi. Où vont plus tard les gosses de riches, quand leurs parents ne le sont pas ? Rejoindre quels horizons, quel troupeau de lemmings ?

Je ne peux raconter cette scène indigne à mes collègues, ni l'exposition de puzzles géants que nous avons organisée en rentrant. Tous les puzzles de la maison, qui ont parfois plus de cinquante pièces, et que nous avons refaits un à un pour la circonstance. Ensuite, nous les avons disposés les uns à côté des autres, par ordre de taille et de difficulté, avec des titres qui leur faisaient une sorte d'histoire secrète, des étiquettes de prix qui rendaient l'affaire sérieuse, leurs dates de naissance et leurs dates de mort, avec un tiret, et un catalogue de l'exposition que nous avons mis près de deux heures à établir.

Nous n'avons même pas eu le temps de voir la cassette de Lassie que j'avais achetée, pleine de nostalgie, me souvenant des courses à grandes foulées et du pelage infiniment soyeux de ce chien au long nez. L'histoire, je l'avais complètement oubliée.

Il était minuit quand tout a été fini. J'étais contente et heureuse, et mon fils aussi. Nous avons mangé notre jambon et nos compotes assis en tailleur devant l'exposition, et il a dit :

« Quand ils arrivent, les invités ?

— Je ne crois pas qu'ils viendront ce soir », ai-je dit, le cœur arrêté. J'avais oublié ce détail seulement : les visiteurs. Et tout notre rêve s'écroulait. Cela fera rire, je le sais, mais bien des choses font rire, qui devraient faire réfléchir à notre inconséquence, à notre peu de foi dans nos propres projets. Je dis notre, pour faire sérieux, je ne pense en vérité qu'à moi.

« Il est trop tard pour qu'ils viennent, ai-je dit à Eugenio, la bouche sèche, d'ailleurs il est temps de dormir. Demain, quand tu te réveilleras, il y aura tes cadeaux au pied du sapin.

— C'est complètement raté, comme Noël, j'aurais mieux fait d'aller en colonie », m'a dit alors mon fils, et il est parti en traînant les pieds, sans m'embrasser. C'est pourquoi, ce matin, j'ai les yeux gonflés. Je n'ai pas envie de raconter mes exploits.

« Moi, a dit Nicole, mes hommes m'ont préparé une fête unique ! » Et toutes nous avons fermé nos oreilles, pour ne pas en entendre davantage. Les déshabillés de soie de Nicole et ses flûtes à champagne, l'amour de ses quatre fils, des géants à la peau douce et aux cils insensés, la soumission exquise de son mari qui l'adore et qui, mieux que quiconque, la protège d'elle-même, l'ardeur de son amant, nous connaissons l'histoire par cœur. Ce n'est pas notre histoire préférée. Nous soupçonnons souvent Nicole de la vivre dans le but principal de nous la raconter, car c'est une vie fatigante, d'être à ce point enviable.

« Vous ne trouvez pas cela de plus en plus idiot, ces échanges de présents ? a remarqué Clotilde, rêveuse. Noël, j'appelle cela la grande foire aux cadeaux ratés. J'ai même un placard spécial où nous rangeons les pauvres vestiges de nos malentendus. Les pulls qui grattent, les disques sans intérêt, les chaussettes fantaisie, les presse-papiers hideux, les boules de neige sempiternelles, les lithographies, les bijoux en toc, les saladiers, les parures de stylos, les sacs en faux cuir et les agendas.

— Arrête, s'il te plaît ! » lui ai-je demandé, les larmes aux yeux, en revoyant cet agenda de l'année dernière que j'ai trouvé sous le sapin ce matin, un agenda entièrement redessiné par mon fils, avec une trace à chaque page et un petit mot qui dit : « Tu vas t'en servir, hein ? »

« Tu as raison, ai-je murmuré à l'intention de Clotilde, tu as raison comme toujours, mais nous ne sommes pas de pierre, et les cadeaux, même enfermés dans un placard, n'en finissent jamais de nous faire souffrir, ceux qu'on a reçus, comme ceux qu'on n'a pas eus, les innombrables faux cadeaux, cadeaux ratés, cadeaux trop coûteux, qui sont un chantage aussi, ou que l'on reçoit ainsi, et ceux qu'on a oubliés chez la personne qui les avait donnés. Ils sont une armée de bestioles acharnées à notre perte et, plus que tout, ceux que tu oublies volontairement, les cadeaux conçus avec amour et qui n'ont fait aucun plaisir.

— Ce que tu peux être emmerdante, quand tu veux ! a remarqué Nicole, tu devrais trouver un

endroit pour faire des sermons, ça te défoulerait ! »
et elle est partie dans son bureau préparer une
conférence sur les rites d'initiation des enfants
mâles après huit ans dans une tribu hopi qu'elle
affectionne spécialement.

Clotilde s'est mise à son courrier. Nous aimons
dire qu'elle a un courrier de ministre. En vérité, elle
écrit énormément, mais elle ne reçoit jamais rien.
Le contraire des ministres. Tous les jours, elle se rue
sur le sac postal que Wendy trie tranquillement.
Clotilde fouille dans les piles de lettres, ce qui nous
fait rire, car elle ressemble alors à un chiot qui
cherche l'os qu'il a enterré. Elle écrit les lettres
qu'elle aimerait recevoir. Ne procédons-nous pas
ainsi, toutes autant que nous sommes, et ô combien
inutilement ?

Mon travail, c'est de lire. Je lis tout ce qui arrive,
et je rédige ensuite une recension qui est publiée
dans le *Bulletin des bibliothèques pédagogiques*, qui
s'appelle le BBP, et que nous appelons amicalement
le Bébé. Je dois aussi décrire les salons qui prolifèrent, Salons régionaux du livre pédagogique, Salons
des parents et des grands-parents, Salon des
vacances en famille, Salon des jeunes filles au pair,
des nouvelles écoles transversales. Il s'en crée douze
par semaine. Je visite donc régulièrement les han-
gars de la porte de Versailles et un certain nombre
de bâtiments préfabriqués de villes de province, où,

sur n'importe quel sujet, au milieu d'une foule réconfortante pour les organisateurs et l'avenir de la pédagogie, on me distribue des milliards de prospectus rédigés dans la même infralangue, et dans les mêmes couleurs. Je les décris, sans trop en rire, ce qui ne m'est pas toujours facile, et je fais le bilan des connaissances qu'ils apportent, car la Bibliothèque pédagogique a une vocation scientifique avant tout.

Je me suis assise à ma table et j'ai allumé ma petite radio portative, éternellement réglée sur France-Musique. J'ai posé le gobelet de café bouillant sur une enveloppe blanche prévue à cet effet et que je jette quand le nombre d'auréoles brunes dépasse ce que je peux supporter. J'ai pris une cigarette. J'ai jeté un regard satisfait sur mes petites piles de fiches de couleurs, mon Macintosh disposé artistement en biais, mon pot à stylos en céramique bretonne, ma pile de livres entassés par ordre de taille et non d'arrivée, mon vase à une fleur, et mon hérisson en plomb ouvragé. Chaque bureau est ainsi une sorte de portrait chinois, de message au monde, avec son ordre méticuleux et absurde, ses gris-gris. Cela me fait penser aux cellules de prisonnier, aux cabines de camionneur. Onze heures et quart. J'hésite à appeler Eugenio pour le réveiller, je m'empêche de le faire. J'ai ouvert le livre de Marie-France Bach, qui s'intitule

La Fête et la Faute. Son joli titre m'a fait rêver, et je m'y suis jetée avec cet espoir bizarre que nourrissent, je suppose, les autres aussi bien que moi : trouver dans un livre LA réponse à une question dont on n'a pas la moindre idée, quelque chose comme une solution générale, une explication et un réconfort. En vérité, c'était surtout une opération commerciale un peu vaseuse, et si le livre est arrivé trop tard pour se faire une petite place dans le cœur meurtri des ennemis de Noël, ce n'est pas une grande perte. Il traite des fêtes dionysiaques et bachiques, et de leurs correspondances modernes. C'est un livre érudit et malheureusement dépourvu de l'humour que contient son titre.

« Qu'est-ce qu'on lui met comme thématique ? » m'a demandé Wendy, qui s'occupe des fichiers-livres en plus du téléphone. J'ai répondu du tac au tac :

« Savon, orties, allaitement, araignée, et formol. »

Ce que j'aime, c'est trouver les thèmes avant d'avoir lu le livre, c'est une question d'habitude.

Parfois, quand elle a le temps, Wendy me demande de justifier mes entrées, c'est ainsi que cela s'appelle, et j'éprouve un grand plaisir à le faire.

Nous aimons beaucoup concevoir les thématiques, Wendy et moi. Ce qui est bizarre, c'est que personne ne s'en soit jamais plaint. Il n'y a à cela

que deux explications : personne ne consulte jamais
sérieusement le fichier, ou les gens nous croient, et
dans quelques décennies, nous aurons révolutionné
le dictionnaire. Il faut dire que Wendy est poète,
autant que standardiste. Elle a écrit un tas de
poèmes excellents, légers, drôles et bouleversants,
que je pourrais reproduire ici, mais il faudrait tous
les imprimer, car ils se mettent en valeur les uns les
autres, comme une tribu de jeunes lapins. Ce sont
des poèmes modernes et subversifs, qui parlent des
douceurs de l'heure du déjeuner, du sommeil des
hommes, qui est bien meilleur que le nôtre, des
faibles mérites de la pluie, de la guerre des sexes et
des petites prières qu'il faut inventer pour avoir une
chance de se garer tranquillement.

Entre midi et une heure, nous allons souvent
manger un œuf dur ou deux, dans un café sombre
où les gens sont accueillants et les banquettes en
moleskine verte. Je prends un Viandox, elle prend
un thé de Chine, nous trempons plus ou moins nos
œufs durs comme des tartines, nous parlons des
livres que nous avons lus, nous rions des choses qui
nous font pleurer. Nous avons découvert un tas de
petites lois de la vie concrète dont personne ne
parle jamais. Qu'est-ce qui nous rend si tristes le
matin ? Pourquoi sommes-nous si fatiguées ? Pourquoi, parfois, n'avons-nous plus la moindre idée de
ce qu'il serait possible de manger ce soir ? Et pour-

quoi n'avons-nous d'autre sentiment à notre disposition que celui de prisonnière — mais de qui ? — ou d'évadée, mais de quoi ?

Je lui parle souvent de Hannah Arendt de qui je tiens l'expression : « les contournements crochus du cœur ». Cela me semble expliquer bien des souffrances. Wendy trouve que cette métaphore fait un peu Saint-Valentin. C'est d'un cynisme excessif, à mon avis.

Nos petites conversations nous réchauffent, et Wendy en fait parfois des poèmes qu'elle emballe dans des papiers japonais de soie froissée et dépose sur mon bureau, parce qu'elle sait combien j'aime les surprises.

Parfois, Clotilde et Nicole passent au Celtic, où nous sommes. Elles prennent un demi ou un café. Clotilde nous lit une lettre qu'elle a fini d'écrire à Alain Souchon. La cinquantième — à laquelle il ne répondra pas davantage que les précédentes. Nicole va passer un coup de fil personnel et revient les joues rosies et un bas filé, exprès pour nous agacer. Pour le bas filé, je ne sais pas comment elle s'y prend, ni pourquoi cela me rend légèrement jalouse.

Ensemble, ou séparément, elles nous bourrent de conseils déprimants. Nous secouent les puces.

« Contrairement à ce que vous croyez, vous êtes des pleurnicheuses, des qui ont peur de la vie, et non des poètes ! » m'a dit Nicole, un jour où je l'avais particulièrement exaspérée. Je l'ai répété à Wendy qui a haussé les épaules.

« Pleurnicheuse et poète, deux faces d'une même pièce ! a-t-elle dit avec sagacité. C'est un peu comme femme fatale et allumeuse. Quand tu seras de nouveau célèbre, tu verras, elle te parlera autrement ! Elle aura même oublié ce qu'elle pensait. »

L'optimisme de Wendy est l'aspect le plus émouvant de sa personnalité de chat écorché.

Pendant que je lisais *La Fête et la Faute*, chapitre huit, page 132, « L'anniversaire ne sert que l'adversaire », en m'endormant un peu, car je n'y comprenais plus rien depuis plusieurs dizaines de pages, Nicole s'est approchée et s'est assise en face de moi.

« Tu files un mauvais coton, ma fille ! m'a-t-elle fait remarquer assez gentiment. Alors, regarde, je t'ai apporté quelque chose qui devrait t'aider ! »

À la Bibliothèque, indépendamment de ses recherches sur les enfants hopis et leurs techniques acrobatiques mais éprouvées de passage à l'âge adulte, elle est chargée des journaux spécialisés, qui prolifèrent dans les kiosques comme les chardons sur la lande. Elle les trimballe d'une pièce à l'autre, nous les lit à haute voix, en nous empêchant de rire. Elle s'occupe de leur classement, par collection, mais aussi par thème et par rubrique, cela nous oblige à en recevoir plusieurs exemplaires. Nicole découpe, elle colle les articles sur des feuilles en carton bon marché, de couleur beige ou orange, et procède à la mise en dossiers. Ce n'est pas facile, car les journaux se ressemblent tous, et les articles aussi : des renseignements scientifiques indigestes composés en caractères minuscules, dans de petits encadrés gris ou verts, prévus uniquement pour faire sérieux, ornementés de grandes photos en couleurs et entremêlés de conseils qui correspondent aux modes du jour, sur le travail scolaire, les lunettes à la puberté, les semelles orthopédiques, l'apprentissage des langues étrangères, le choix d'un bon lit, les calmants inoffensifs, les baby-sitters, la migraine chez l'enfant rebelle, le mal de ventre chez l'enfant soumis, le nombre d'œufs qu'il est souhaitable d'ingurgiter par semaine, le choix d'un vélo, les appareils dentaires, le meilleur moment pour concevoir un deuxième enfant sans perturber le premier, les sources naturelles de phosphore, le meilleur moment pour concevoir un cinquième enfant sans agacer les quatre autres, le rôle du père moderne, la danse classique pour les petits garçons violents, les risques méconnus de la prise de température rectale, les meilleures cures de thalassothérapie pour enfants, le nouveau rôle des oncles dans la famille mononucléaire atomisée, les adolescents et la fin des crises d'identité, les influences de la poterie dans l'apprentissage des mathématiques, le rôle de la vitamine A dans les scolioses, les cartables, le bon et le mauvais catéchisme, les coiffeurs pour enfants, l'autorité des beaux-parents, les relations dans la fratrie comme modèle ultime de la relation conjugale, le tassement discal avant quatre ans, les jambes courtes et poilue, tels sont les sujets, parmi cent mille autres, qu'on peut voir traités, chaque semaine, ou chaque mois, dans *Santé-Enfants-Plus, Le Magazine des Parents, Nous chez Vous, Enfants-Parents, Famille Nouvelle, Baby-Journal, Family-Life, Euro-Famille, L'Enfance de l'Art, Gym-Famille, Parents-d'Aujourd'hui, La Sélection du Foyer, Top-Ado, Le Journal de l'Enfant Prosper.* C'est ainsi que se nomment ces publications. Nicole prend ce travail très au sérieux, elle ne supporte pas que je lui demande : « Prosper sans *e* ? » Elle considère que les magazines sont une dimension importante de la démocratisation du savoir médical. Ce sont ses mots.

« Quoi de nouveau sur le front de la famille, du bonheur et de la raison ? » lui ai-je demandé, d'un air qui me semblait innocent.

Quand je me moque des conseils qu'elle nous administre pour faire fondre notre cellulite, nos cernes, notre cholestérol et nos angoisses maternelles, elle me rétorque d'habitude en riant qu'un ou deux abonnements me seraient sûrement utiles.

Mais là, j'ai vu qu'elle était furieuse.

« Si tu prends les gens pour des imbéciles, tant pis pour toi ! Lire des choses sur la santé et l'éducation n'a jamais fait de mal à personne. Bien au contraire ! D'ailleurs, des études ont prouvé que les gens n'achètent pas tout de suite les nouveaux produits que vantent les journaux et ne mettent pas leurs enfants au régime désodé dès qu'ils ont lu un article qui en vantait les bienfaits !

— Ils attendent que d'autres aient joué les cobayes ? »

Elle marche de long en large devant ma table, bouscule mon vase d'un revers de son poncho en alpaga chiné, sa poitrine jaillit légèrement de son décolleté, elle attrape mon hérisson et le fait sauter dans sa main, sa voix monte. Elle est furieuse et vexée comme si elle était rédactrice en chef d'un de ces machins.

« Simplement, ils aiment en entendre parler. C'est comme les croisières, ça ne coûte rien d'y penser en feuilletant des magazines. Tu ne comprendras jamais que les gens aient besoin de rêver ! Se moquer de ce que l'on ne connaît pas n'est pas l'indice d'une immense curiosité ! » conclut-elle, dans un souffle, exténuée.

« Gober n'importe quelle fadaise rédigée par

d'immondes journalistes stipendiés par des groupes pharmaceutiques et des chaînes d'hôtellerie médicalisée non plus ! » dis-je avec amabilité.

Certains jours, les euphémismes inséparables de la vie de bureau, créés probablement pour elle, vous fuient, il ne reste que les vrais mots.

J'ai jeté un œil oblique sur le journal qu'elle brandissait, *Bonheur Plus*.

« Ils exagèrent, avec leurs titres, ai-je dit. On dirait une invention d'un mauvais auteur de science-fiction satirique. » Et j'ai essayé de l'attirer dans mon camp :

« Est-ce que tu as reçu le nouveau féminin, *Aspects de la femme* ? La campagne de pub est... (souvent je me dispense de l'adjectif, l'intonation suffit), j'aimerais bien le regarder ! »

La campagne de publicité, c'est une photo de trois femmes pleines de dents qui regardent le ciel d'un air sportif et extatique, dans un paysage vert-bleu, un fond de forêt peut-être, je ne me souviens plus. Je me souviens d'avoir pensé que les réalisateurs de ces images avaient de la chance de se promener dans d'aussi beaux endroits. On croit que c'est une publicité pour une nouvelle protection périodique.

« Cesse donc de te croire plus forte que tout le

monde ! m'a répondu Nicole, d'un air bourru, mais gentil. Regarde, c'est pour toi, je te dis ! »

Au milieu du journal, après un dossier au titre magnifique :

« Ce que vos enfants font de leur argent », commandé par la Caisse d'épargne, et consacré aux pulsions fouisseuses des enfants de neuf à treize ans et aux milliards ainsi mis de côté, il y avait une double page intitulée :

APPRÉHENSION, DÉSESPOIR, IRRITABILITÉ, ENFIN UNE RÉPONSE !

J'ai levé le nez.

« Tu trouves que c'est à ce point-là ?

— Cela m'a fait penser à toi, c'est tout.

— Je te remercie. »

J'ai replongé dans *La Fête et la Faute*, page 144, au chapitre intitulé : « Ceux qui savent où se mettre. » Cela peut paraître obscur, mais il s'agit d'analyser à quel moment, et dans quelles conditions, les enfants apprennent à se situer géographiquement dans un espace festif, c'est-à-dire une grande salle pleine d'autres enfants, de gobelets de Coca-Cola et de gâteaux répartis en rond dans des assiettes, au milieu d'un vacarme qui tient de la cour de récréation et du cocktail avec, en plus, des confettis et des chewing-gums mâchés qui collent aux semelles des mêmes personnes toute leur vie sans qu'on sache pourquoi le sort s'acharne particulièrement sur elles dès l'âge de cinq ans et probablement jusqu'à l'heure de leur mort.

« Bon, je te le laisse, a dit Nicole, et rappelle-toi qu'il faut que tu prennes quelques jours de vacances. Moi, je pars demain. »

Je me suis mise à lire le dossier.

C'était la méthode du docteur Wolfli. Fleurs sauvages, Élixirs et Buissons épineux.

De la poésie, mais une poésie que je renifle de loin, sans pouvoir la décrire, une poésie empoisonnée.

J'ai passé sur les prolégomènes pleins de majuscules, Paix, Harmonie, Force, Énergie vitale, pour arriver au résumé des états d'être où Nicole m'avait reconnue, et auxquels le docteur Wolfli se proposait de remédier. Quarante-huit plantes et compositions florales étaient énumérées, grâce auxquelles, depuis une nuit des temps peuplée de druides avec leur serpette, les hommes peuvent, pour peu qu'ils en aient envie, guérir les maux de l'âme. J'ai lu :

Pour l'appréhension, la sensation de quelque chose de menaçant, sans pouvoir en déterminer la cause, le Tremble.

Pour la peur du noir, du lendemain et de la maladie des autres, la Muscade.

Pour le désespoir total, la prostration sans autre perspective que le vide, le Châtaignier.

Pour celui qui jamais ne pense faire assez bien et se rend responsable des erreurs d'autrui, le Pin sylvestre.

Pour protéger de l'influence des événements et aider à briser les liens, le Noyer.

Pour le souci excessif du bien-être des autres, surtout des proches, avec la crainte du pire, le Marronnier rouge.

J'ai eu envie de rire. Ce Marronnier rouge ne doit pas se vendre énormément, ai-je grommelé. Je ne vois personne qui souffre de ce genre de maladie, le souci excessif des autres, ha, ha, ha! Le téléphone a sonné à cet instant précis et j'ai eu peur d'une vengeance céleste. Un malheur. Un coup du docteur Wolfli vexé.

« Allô, maman ! » a dit la petite voix tremblante de mon fils.

« Ça va, chéri ? Tu es réveillé ? ai-je répondu stupidement, les mains brûlantes.

— Tu sais ce qui s'est passé ? » m'a-t-il demandé d'un ton grave.

Incendies, inondations, chevilles foulées en sautant du lit, maniaques à l'imagination sans bornes, laissez-moi en paix !

« C'est la reine d'Angleterre, ils l'ont dit à la télévision, elle a perdu les clés de son château de Windsor. Tu es au courant ? »

Eugenio parlait dans un souffle, à toute vitesse, avec passion. « Tu crois que c'est grave ? Peut-être qu'elle ne peut pas rentrer chez elle ? »

Pauvre Élisabeth, son chapeau de travers, tambourinant au portail, se cassant un ongle, et personne ne répond, le château est vide, elle est toute seule sur son paillasson.

« Ne t'inquiète pas, ai-je dit. Les reines ne sont jamais seules. Et elles n'ont pas de paillasson.

— Qu'est-ce que tu dis, maman ? »

En parlant, j'ai lu sur le prospectus du docteur Wolfli : « *Orme, pour une personne qui se sent dépassée par l'ampleur de sa tâche.* »

Je pourrais en prendre, peut-être. J'ai posé les questions rituelles à Eugenio, les questions sucrées et pénibles des mères au téléphone, je lui ai dit que je reviendrai tôt.

« Ce qu'il y a, maman, c'est que je m'ennuie. Maman, je m'ennuie », c'est ce qu'il répétait. J'ai voulu raccrocher.

« Regarde un film ! Il y a un documentaire génial qui raconte les amours des pingouins. Je l'ai mis sur l'étagère à côté de la fenêtre. Je l'ai enregistré pour toi, tu sais, le temps va passer vite. »

Il a dit : « Je n'aime plus les pingouins, ils me font peur. S'ils cessaient de se reproduire, on serait tranquilles, mais ne t'inquiète pas, maman, ça ira quand même. Je vais aller voir Adam. »

J'ai repris mon livre et commencé à rédiger ma recension du livre *La Fête et la Faute*, un résumé de cinq lignes par chapitre, que je rédige à partir des notes que j'ai prises en lisant. J'ai remarqué que j'avais déjà oublié l'existence d'Adam. Wendy s'est approchée. Elle est si sensible qu'un changement d'humeur dans le bureau a pour elle l'intensité d'un changement de ciel pour quelqu'un d'autre.

« Tu connais l'histoire vraie de la bibliothécaire qui croyait avoir enfin trouvé un système pour faire venir des lecteurs ? » m'a-t-elle demandé gentiment.

J'ai levé le nez et constaté que deux larmes d'inquiétude dévalaient mes joues. C'est elles qui avaient attiré Wendy.

« Il faut vraiment que j'achète des lunettes. Une bibliothécaire d'où ça ? » ai-je répondu, gênée.

Le téléphone a sonné. Wendy a répondu puis elle m'a passé l'appareil :

« C'est Martha ! » a-t-elle dit en fronçant le nez.

Elle ne l'aime pas. « Ces gardiennes de prison nymphomanes dont tu t'entoures ! Je ne sais pas où tu as trouvé le gisement ! » m'a-t-elle dit un jour, en rougissant de colère. Et une telle violence, une telle vulgarité m'ont attendrie.

« C'est Martha, elle appelle de Bretagne. »

« Alors, vous arrivez ! » a dit une voix ferme mais enjouée. Ce n'était pas une question. « Je t'ai réservé les billets, tu n'as qu'à les retirer à la gare, vous prenez le train de quinze heures aujourd'hui, on vous attend à l'arrivée, il fait beau et toute la famille vous attend. » Wendy a haussé les épaules. J'ai dit : « Oui, on va venir ! Tu es tellement gentille de t'occuper de moi ! » Je me suis confondue en remerciements. J'ai dit : « C'est merveilleux d'avoir de vrais amis. » Et Wendy a remué sur sa chaise d'une manière indiscrète. Martha a une voix si sonore qu'on entend ce qu'elle dit à un mètre de l'appareil. J'ai écarté la petite impression de vaudeville qui m'avait envahie, j'ai raccroché : « À tout à l'heure, ma chérie, mille mercis ! » et j'ai été voir Nicole. C'est elle qui s'occupe des jours que nous prenons.

Je lui ai dit que je partais. Je lui ai dit que j'avais réfléchi, et je l'ai remerciée pour l'Herbier mental du docteur Wolfli.

Elle m'a serrée dans ses bras. J'ai vu qu'elle était heureuse d'avoir eu cette influence sur le cours des choses, sur ma vie. J'ai pensé qu'elle était fière d'être un exemple, et que moi, j'étais une moins que rien.

On s'est remises au travail, parce que je devais quand même finir la matinée.

« Tu me racontes la fin de l'aventure de ta bibliothécaire », ai-je demandé, avec des airs de chatte, à Wendy qui m'a regardée avec un peu de dédain.

Elle a serré autour d'elle son cardigan noir immense, en mohair de sorcière.

« Tu ne trouves pas qu'il fait froid ? a-t-elle demandé avec hostilité.

— Tu vas quelque part pour le réveillon ?

— Boris m'emmène à Prague. Quatre jours entiers. Je crois que c'est la raison pour laquelle j'ai tout le temps froid. J'ai froid, parce que j'ai peur. Peur du froid, en particulier. (J'ai souri amicalement.) Nous prendrons un train qui roule seize heures durant, et ce sera notre lune de miel. Les enfants resteront chez ma mère, Philippe a refusé de les garder avec lui, il a dit qu'il ne ferait certainement rien pour... »

Elle rit soudain. Cela lui donne des airs d'oiseau. J'avais oublié l'existence de Philippe, son ancien mari. Elle dit : « J'ai toujours honte quand je prononce son nom désormais, même pour énoncer les choses les plus plates. Chacune de mes phrases a l'air pleine de sous-entendus et d'insinuations et c'est à cela que je vois que ma vie est salie. Tu ne trouves pas ces histoires de divorce répugnantes ? J'entends les mots qui sortent de ma bouche, je n'arrive pas à y croire. Des phrases si horribles, on dirait des cailloux puants, des pensées si obscènes, comment pouvons-nous tous danser cette gigue ? »

Je lui suis reconnaissante de dire de telles choses.

« Tu me raconteras ? Tu me téléphoneras peut-être ? Raconte-moi vite l'histoire de la bibliothé-caire, il faut que je rentre, Eugenio devient fou tout seul, je ne suis pas tranquille.

— Quand seras-tu tranquille, Nouk ? »

Wendy a les yeux tout plissés d'affection.

« Par cinq pieds sous terre, tu trouveras encore quelque souci à te faire pour le bois du cercueil, pour la qualité de la terre, le caractère des vers !

— Je te remercie d'y penser », dis-je nerveuse-ment. Je n'adore pas ce genre d'évocation.

Elle resserre encore son pull noir, on dirait qu'elle va faire un second tour avec le lainage, et elle se frotte le bras.

« La bibliothécaire (c'était une petite dame de l'Arkansas, je crois) était ennuyée parce que per-sonne ne venait emprunter de livres. La biblio-thèque était grande et claire, il y avait des milliers de livres bien classés, quoi faire ? Elle a donc rédigé une petite annonce, qu'elle a fait passer dans le journal de la ville : *Un billet de cent dollars a été glissé par mégarde dans un ouvrage de la bibliothèque. Que le lecteur qui le trouvera nous le rapporte, il y aura une récompense.* Je crois qu'elle pensait, la pau-vrette, qu'il suffit que les gens viennent à la biblio-thèque, qu'il suffit qu'ils aient un livre entre les mains pour qu'ils se mettent à lire.

« Le lendemain, les gens sont arrivés. La bibliothèque, dès midi, était devenue un champ de bataille, les étagères avaient été renversées, et les livres déchirés gisaient dans les travées. Il n'y avait plus pierre sur pierre. Et personne, bien entendu, n'a lu davantage. »

J'ai pensé : Ils ont haï les livres, au contraire ! Détesté ces miroirs aux alouettes !

« J'aurais préféré qu'il y ait un billet ! ai-je dit doucement à Wendy.

— Moi, j'aime bien cette histoire, m'a dit Wendy en m'embrassant tendrement pour me dire au revoir. On peut en tirer un tas de conclusions ! Souhaite-moi bon voyage, et à lundi ! »

7

En quittant le bureau, je me suis mise à courir. Midi sonnait à la tour Saint-Jacques, j'ai traversé la pelouse pelée et interdite aux passants qui est au centre de la place. Elle était parsemée de petites taches blanches. Des perce-neige, déjà, me suis-je murmuré, avec un petit battement de cœur, une bouffée de joie idiote. J'ai ralenti pour en cueillir un, ça fera plaisir à Eugenio, il aime tant les fleurs. J'ai tressailli en me penchant. Imbécile. Pourquoi imaginer des perce-neige en décembre, même s'il n'y a plus de saisons, même si notre couche d'ozone est de plus en plus rapiécée ? Oui, pourquoi y aurait-il des perce-neige ? Pour adoucir le massacre de la nature ? Tout ce que nous répétons vaguement comme des moutons bavards, mélangeons dans notre vaste inquiétude qui est aussi de la paresse, et qui se résume en trois mots : « Tous aux abris », a bouillonné dans ma tête. La pelouse était jonchée de petites plumes, des duvets blancs, sûre-

ment deux mouettes batailleuses, me suis-je ser-
monnée, cherchant vaguement un cadavre d'oiseau
dans les parages. Pourquoi les petites plumes
blanches font-elles autant d'effet ? Leur légèreté, je
crois, fait d'elles le symbole de la vulnérabilité exis-
tentielle : sitôt répandues et déjà dispersées. En
vérité, elles tiennent bien, on en retrouve des
semaines après, accrochées à une brindille, à un
buisson.

Je suis descendue dans le métro, le train est
arrivé, me redonnant confiance dans mon étoile, et
je me suis assise en parlant toute seule, en chanton-
nant pour me donner du courage, pour m'empêcher de trembler. Cela défilait dans ma tête, de plus
en plus vite, les choses à faire : aller chez la teintu-
rière, remplir les valises, passer chez le pharmacien.
Y a-t-il encore un sac de voyage décent dans la maison ? Je me souviens qu'autrefois nous ne partions
pas sans avoir expédié des malles, ou plus exactement la malle, un objet magnifique, d'une profon-
deur inouïe, propice aux linges bien repassés. Pourquoi avoir accepté cette invitation ? Me suis-je dit
avec nervosité.

Nous sommes si engourdis, toute secousse nous
met en danger, Eugenio et moi.

J'ai levé les yeux, il y avait un couple en face de
moi. Ils ne me voyaient pas. Ils étaient très vieux.
Lui, minuscule, avec un crâne de poussin blanc, des

lunettes rondes, d'immenses oreilles presque invrai-
semblables, un gros nez, des narines poilues, une
jolie bouche très dessinée, un menton à fossette, et
un gilet en velours. Il tenait une canne à tête de
canard, et ses deux mains étaient bien appuyées
l'une sur l'autre, à plat sur le crâne du volatile. Elle
était emballée dans un manteau en fourrure d'ours.

Elle a fouillé dans son immense sac en phoque à
poignées en plastique, et a sorti deux gros bonbons
acidulés, un orange et un jaune. Elle a dépiauté
l'orange et l'a donné à gober à son amoureux. On
voyait la boule de sucre passer d'une de ses joues
fines à l'autre. J'ai hésité à les envier, ou à spéculer
méchamment sur l'esclavage sinistre, la domination
dérisoire qu'engendrent toutes les amours. On ne
dépasse jamais le stade du biberon, voilà l'horrible
vérité, me suis-je dit, oubliant un instant l'enfer des
valises.

Comme je les regardais, la femme m'a souri. Elle
a dépiauté le gros bonbon jaune et me l'a tendu, en
me disant quelques mots en russe. Je ne sais pas
refuser ce genre de choses, je suis aussi polie que
phobique et, en priant pour que les microbes
m'épargnent, en essayant de me souvenir des maladies qu'on attrape en acceptant des confiseries
inconnues, j'ai porté le bonbon à mes lèvres, bien
que je préfère les rouges. Elle aussi, puisqu'elle en a
sorti un troisième, d'un joli rose coquelicot, qu'elle

a dépouillé de son emballage. Et nous sommes restés tous les trois à suçoter nos bonbons.

J'ai fouillé au fond de ma mémoire pour retrouver deux ou trois mots aimables à servir en russe, *xorocho, spassiba, dasvidania*, et je suis descendue.

La teinturerie Daniel est un des hauts lieux de notre quartier. C'est un magasin très ancien, la façade l'indique en grandes lettres anglaises peintes en blanc sur un fond lie-de-vin : Blanchisserie à l'ancienne. L'odeur d'empesage est pratiquement perceptible de la rue, et le comptoir me fait rêver, il y a le bruit des énormes machines qui tournent, on voit le linge sauter à travers les hublots, l'eau qui bouillonne et fait des vagues, on s'attend toujours à voir un visage, un canard en plastique, une petite sirène, un poisson. Du plafond descendent des dizaines de cintres où sont suspendus des robes du soir en percale et en soie, des jupes de communiante, des corsages de bourgeoise, cols ajourés, parements de dentelles, des chemisiers qui vont avec les soutiens-gorge qu'on mettait autrefois, tellement théâtraux. Il y a aussi des costumes de fée et des rayonnages couverts de milliers de chemises pliées autour d'un faux col en carton. On a l'impression que personne ne vient jamais les chercher.

C'est sur mon chemin et j'y laisse souvent ma robe préférée, le matin.

« À nettoyer à sec pour ce soir, s'il vous plaît, mademoiselle Metaxas ! »

L'odeur du lainage tiède, et excessivement aplati par la machine à repasser avant d'être emballé, me donne l'impression que quelqu'un s'occupe bien de moi, et puis, j'adore Mademoiselle Metaxas. La première fois que j'ai apporté ma robe, elle m'a souri, m'a regardée très fort, et m'a dit : « Bonne chance, ma petite », en esquissant un geste rapide de je ne sais trop quoi, un genre de bénédiction orientale, je pense. Comme si elle savait tout, et avec une telle chaleur que je ne l'oublierai jamais. Je viens souvent bavarder, elle me raconte les malheurs de sa famille, une grande famille grecque chassée par la révolution démocratique de Venizélos, en 1917, des Grecs blancs en quelque sorte, dit-elle en riant. Ils sont allés de pays en pays, sans faire tellement attention à ce qui se passait là où ils s'installaient, ils n'avaient pas l'habitude de s'occuper des autres, de tenir compte des choses, de se battre avec la réalité. Ils sont restés dans leur rêve, et bientôt dans leur amertume. Très vite, il n'y a plus eu d'argent. Personne n'avait jamais travaillé. Les petits-enfants ont bien dû s'y mettre : taxis, maîtres d'hôtel, ou la teinturerie, à cause d'un cousin chypriote qui avait une chaîne de pressings. Mademoiselle Metaxas aurait voulu faire du chant.

« J'avais une gorge de diva, on me l'a souvent dit,

mais il aurait fallu prendre des leçons, *efkaristo poli* !
La blanchisserie, comme c'est mauvais pour la voix,
quelle misère ! » dit-elle souvent en soupirant.

Il lui reste des manières de reine. Quand elle dit
« gorge de diva », je l'imagine sur la scène, les
rideaux de velours sont relevés comme pour une
révérence aux balcons dorés et tournicotés. De ruis-
selantes créatures armées de jumelles minuscules et
d'éventails se penchent et roucoulent. Angélique,
dans sa robe vaporeuse de cantatrice, prend le
monde à bras-le-corps, l'enveloppe de ses airs déses-
pérés. En réalité, c'est une sorte d'Édith Piaf que
j'entends, et que j'habille comme la Castafiore, me
rappelant le temps où j'inventais des robes et pei-
gnais des décors. Heureusement, Angélique Metaxas ne le saura jamais.

En ce moment, elle se plaint beaucoup, elle a des
bouffées de chaleur.

« Tu te rends compte, avec cette neige ! Quelle
invention ignoble, la neige, typiquement moderne,
ça a l'air propre, et c'est dégoûtant ! Et puis, quelle
horreur, ces ruisseaux glacés qui vous dégoulinent le
long de l'échine ! Ma mère ne m'avait jamais parlé
de cela ! Ou alors je n'ai rien écouté. J'ai les joues
rouges toute la journée, le froid, le chaud, dans la
boutique, c'est intenable. La vieillesse est vraiment
répugnante, *boje moï.* »

Je passe voir Angélique Metaxas presque tous les

jours, elle me donne des conseils idiots, car sa vision de la vie est d'une totale inefficacité. Elle me raconte des détails sur le naufrage de sa famille, je n'y comprends rien, car elle oublie des moments décisifs, estropie les noms, néglige les dates, et quand je lui pose des questions elle gémit : « Comment se souvenir de choses tellement anciennes, pourquoi se souvenir de choses si peu agréables, et à quoi cela vous sert, ma jolie, que pourriez-vous tirer de tout ce fatras tellement banal, des gens qui tournent autour de la planète, comme des derviches, d'est en ouest, généralement, oui, à quelques exceptions près, des idiots russes, des crétins juifs, des imbéciles espagnols, des Turcs abrutis, des Arméniens empotés, des Gitans et des Roumains, il y en a partout, on ne sait plus qui est qui, Constantinople et Alexandrie, toujours les mêmes histoires de gloire, de poignards, de fêtes, de dettes de jeu, de persécutions attendues, de trahisons prévisibles, toujours les mêmes qui courent dans tous les coins, vous serez hachés comme chair à pâté, attrapés, entassés dans les éternels camions, précipités derrière les éternels mêmes barbelés. Souvent je me demande d'où ils les sortent, ces millions de kilomètres de fil barbelé, qui le fabrique et l'expédie, puisqu'il y en a toujours partout, et toujours le même, vous regarderez à l'occasion, mon Dieu, que c'est toujours la même chose, avec au bout la fosse commune, les corps dissimulés, les petits bois farcis des crimes habituels, et puis, aussi, les belles nappes damassées, linceuls, adieu les draps lourds qu'on se passait de mère en fille, ceux de la naissance et ceux de la mort, hop ! les départs précipités ont tout fait oublier, bijoux cachés dans des miches de pain, belles jeunes filles aux grands yeux noirs qui pleurent, on s'y noierait, oublions, oublions ce fatras inutile, j'offre mes cauchemars à qui veut les sauver ! Comme je les hais souvent, les docteurs de la mémoire, ses pèlerins, et leurs nuits sans rêves. Seuls ceux qui n'ont rien à oublier veulent que les autres se souviennent. »

Je reste bouche bée devant ces paroles, je bois ce qu'elle dit, je mords à l'hameçon. Bizarrement, les imprécations apaisent quelque chose en moi. Angélique Metaxas a l'esprit de contradiction à quoi l'on reconnaît les vrais poètes, il ne faut pas attendre d'elle la vérité, elle s'en fout et elle n'y croit pas. Souvent, je me demande pourquoi elle ne s'est jamais mariée. Eugenio l'aime aussi, elle lui raconte des histoires de la reine d'Angleterre, que sa grand-mère a soi-disant bien connue, à Windsor ou à Buckingham, la reine d'avant, bien sûr, Élisabeth Ire. la pauvre, si elle voyait ce qui se passe maintenant, les princesses en robe trop courte, et probablement en mauvais tissu, et tous ces hors-bord sur lesquels elles se font photographier, c'est tellement vulgaire. Mademoiselle Metaxas voue une haine particulière aux hors-bord. Je crois qu'elle n'en a jamais vu ailleurs que dans les magazines. Elle pense que la monarchie est le seul système de gouvernement et possède de petites photos de la reine Sophie, de Margrethe II, reine du Danemark, et du roi Bhumibol de Thaïlande. Elle craint pour eux. Elle comprend que les hors-bord, et tout ce qui va avec, viendront à bout de ses fragiles idoles. Elle les craint mille fois plus que le peuple, qu'elle a rejoint sans le savoir, et dont elle doute qu'il puisse être républicain. Je ne lui ai jamais parlé de mes ancêtres, elle ne m'a d'ailleurs jamais rien demandé.

Je pousse la porte de la blanchisserie Daniel. Pourvu que ma robe de laine noire soit prête, ce serait bien pour le réveillon, elle est échancrée dans le dos. Une fille que j'ai déjà vue une ou deux fois me demande mon ticket.

Où est Mademoiselle Metaxas? Je suis saisie d'une inquiétude étrange. Je n'ose pas demander. On ne fait pas cela à Paris, c'est indiscret.

« Où est Mademoiselle Metaxas? demandé-je à la demoiselle.

— Elle est partie, on ne la verra plus.

— Elle n'est pas malade?

— Ah non, rit la fille, ce serait plutôt nous.

— Vous ne savez pas où je peux lui écrire? »

Un homme surgit de derrière les machines. C'est

le père de la petite, ils se ressemblent comme parfois les pères et les filles, à l'extrême. Les ressemblances nous amusent et nous dérangent, parce qu'elles nous rappellent que nous sommes de pauvres bestioles, de vagues cousins des lapins, que nous ne décidons de rien.

Dans la cage, près de la porte d'entrée, un mainate s'est mis à jacasser, il dit quelque chose comme « T'as qu'à passer, takapacé », ou peut-être une histoire de repassage, « T'as pas repassé, taparpacé ». Enfin, c'est ce que j'imagine, car il ne parle pas très bien en vérité. L'homme transpire, il y a des auréoles immondes sous ses manches noires. Il dit : « Vous lui vouliez quoi à Mademoiselle Metaxas ? » Il prononce son nom comme on crache. Il a vu trop de westerns, moi aussi.

J'hésite. Je dis :

« Rien, rien, j'étais juste étonnée, vous savez, ça fait vraiment longtemps. Ça ne fait rien du tout, je repasserai. » Les syllabes ricochent, je pense : imbécile de mainate, et je renverse mon porte-monnaie en ramassant la robe. Je veux m'en aller.

« Elle piquait dans la caisse, si vous voulez savoir, dit le patron, brutalement, et comme pour se faire plaindre, en même temps il soupire. Vous vous rendez compte, quelqu'un à qui on a fait confiance, elle tapait dans la caisse, depuis des années, je sais même pas de combien elle m'a refait, et maintenant que je l'ai lourdée avec une plainte au cul, elle a disparu, elle, sa saloperie de ménopause et tout le toutim, toutes les salades qu'elle nous a racontées, des mensonges, une mythomane, une voleuse et une mythomane, une sale bonne femme, on devrait leur arracher les ovaires, je pourrais vous en raconter. » J'ai l'impression absurde qu'il me regarde au ventre.

En courant vers la maison, je sanglote, plus jamais je n'irai à la blanchisserie Daniel, je pense qu'elle avait bien raison de piquer dans la caisse de ce gros lard, qu'elle n'a sûrement pas pris assez, jamais elle n'aura pris assez pour compenser les bouffées de chaleur, les insultes, et toutes ses autres déceptions. Je me répète son prénom de jeune fille, Angélique.

Eugenio m'attend dans l'escalier, il me regarde d'en haut, il me prend par la main, très fier : il a sorti toutes les valises, les a ouvertes sur le grand lit.

« Tu vois, j'ai tout préparé ! »

Au moment de partir, j'ai toujours le vertige. Un sentiment de vide, plof, on saute.

« Tu penses qu'il y aura des petites lampes dans le train ? »

Moi aussi, j'aime les petites lampes des trains, j'oublie que nous allons voyager de jour, je rêve, nous entassons les pulls, les chaussettes, les pyjamas et tout le fourbi, et les deux valises sont prêtes, cela va très vite quand on emporte presque tout.

« Dommage qu'on n'y aille pas en avion », dis-je en claquant la porte derrière nous, et après un dernier petit signe amical à Adam, qui a l'air de s'être parfaitement adapté à ses nouveaux frères et qui chante mieux que jamais, sans l'apparence d'une once de remords de quoi que ce soit. « Je t'aurais montré les lapins de Roissy. »

Cela le fait rire.

« Je te rappelle, maman, que c'est toi la folle de lapins. Je préfère les trains. Et quand j'ai répété en classe ce que tu m'avais raconté, que l'homme ne descendait pas seulement du singe mais aussi, et peut-être davantage, du lapin, ils se sont tous tellement moqués de moi que c'est sûrement pas vrai. »

Je n'insiste pas, bien que je sois déçue par cette faiblesse d'âme. Il est si profondément évident que l'homme descend du lapin ! Ô Galilée, me dis-je, tout est décidément toujours pareil, et tu es mort pour rien !

Mais la rue monte et le vent est glacial, nous marchons vite en tirant nos valises, la gare se profile. Au milieu de l'esplanade, il y a un manège à l'ancienne, immense et désert, « Juste un tour », supplie Eugenio. Je proteste, « Tu te rends compte, ce n'est vraiment plus de ton âge », je proteste avec une infinie nostalgie. Des milliers de tours de manège se mêlent dans ma mémoire, je me souviens qu'il fait toujours froid et qu'il y a toujours du vent aux abords des chevaux de bois, celui du square Boucicaut, presque misérable, entouré de terre le plus souvent boueuse, celui de la rue de Rivoli, immense, des chevaux dorés de deux mètres de haut, celui des jardins du Luxembourg, avec ses anneaux qu'on enfile sur une tige de métal, en soulevant légèrement les fesses. J'ai aimé monter sur des manèges avec Eugenio, quand il avait un an, ou deux. L'homme du manège me laissait faire, bien que ce soit interdit, c'était comme l'initier à l'aventure et à la vie. Il faut se concentrer. Les billets, le guichet, ce sentiment de faute, et de retard, et de peur, si reconnaissable. Je tire de ma poche le petit papier froissé sur lequel j'ai griffonné le numéro que m'a dicté Marthe. Je le lis. C'est tellement idiot, tous ces numéros.

« PQ9T865MI72 ? Voici vos billets, madame », dit le jeune homme. Un enfant et un adulte, Paris-Brest, deux seconde fenêtre non-fumeurs. »

Je pense aux petites lampes.

« Deux première, est-ce qu'il vous en reste ? »

Cela fait rire le garçon.

« Quand il reste des secondes, il reste nécessairement des premières, mais c'est presque le double ! » Il a l'air de penser que ce sont de mauvaises habitudes, surtout pour un enfant.

Le compartiment est splendide, gris avec ses petites lampes orange. Nous exultons, Eugenio et moi, et l'instant où nous montons dans notre carrosse ne mourra jamais. Nous nous déplions comme des fleurs impériales, une grande et une petite orchidée. Nous sortons nos affaires, nos petits journaux, nos chips aux oignons et nos pastilles à l'eucalyptus. Les voyages sont contenus dans la seconde du départ.

Chaque fois qu'Alfonso, quand nous nous aimions, me disait : « Rejoins-moi, rejoins-moi en Amérique, rejoins-moi en Chine, rejoins-moi à Tanger, ou à Montpellier », j'avais le cœur qui filait dans les pieds, et des larmes plein les yeux. Je sentais un peu de mon amour qui mourait. Un jour, il a bien fallu que je lui dise : c'est rejoindre que je n'aime pas, on ne rejoint jamais personne, il n'y a jamais personne quand on arrive, un petit mot sur le lit ou sur la table : « Attends-moi. » Ce que j'aime, c'est partir ensemble, appeler un taxi ensemble, apercevoir de loin, en comptant les numéros des wagons, en courant à moitié sur le quai, le cœur battant, la petite lumière orange du compartiment.

Le train s'éloigne du quai, on s'en aperçoit à peine.

« Il n'y aura personne pour nous embêter ! » dis-je fièrement.

Eugenio ne m'écoute pas, il est entièrement absorbé par le bruit. Cela me fait penser à ce mot

« escarbille », que je confondais avec « escarbou-
cle ». Des bouts de charbon comme des pierres pré-
cieuses. Quand nous étions enfants, les fenêtres des
trains s'ouvraient et, au moment du départ, nous
nous penchions par la vitre baissée, en agitant le
bras, parfois même en tenant la main de maman qui
courait pour accompagner le train le plus loin et le
plus longtemps possible. Mais la machine était vite la
plus forte. Ensuite, nous regardions longtemps les
poteaux défiler, les rails s'enfuir, la campagne s'impo-
ser, des étangs, des arbres et des étangs, des lignes de
peupliers qui évoquaient des exercices d'arithmé-
tique. Mais il fallait vite rentrer la tête, à cause des
escarbilles brûlantes qui ont blessé l'œil de plus d'un
enfant. Eugenio se laisse aller au merveilleux bruit du
train, cela me rappelle que le monde se referme doucement derrière nous. On s'en fiche, le train, comme
un bateau au large, protège de tout.

« Je m'ennuie, maman, je m'ennuie », déclare
Eugenio, et je le regarde avec inquiétude. « On
arrive bientôt ? ajoute-t-il.

— Dans trois heures, dis-je, dans trois heures
moins cinq, regarde, il y a des vaches, c'est drôle,
elles doivent pourtant avoir très froid, l'herbe est
toute blanche, dans deux heures quarante », dis-je.
Le temps se coince, j'oublie toujours.

« Veux-tu que je t'apprenne à convertir des
quarts d'heure en minutes ? »

Il me regarde avec un dégoût prononcé. Celui qui le saisit quand je propose des jeux d'orthographe, des petites conjugaisons pour rire, tous ces trucs gros comme une maison, un air très gai pour dire : « Et si on révisait une table de multiplication ? »

« Ils ont dit qu'il ne fallait pas travailler pendant les vacances. Quand papa a téléphoné, quand tu étais au bureau, il a dit : " Tiens, maman ne devrait pas te laisser tout seul un jour pareil ", et il a dit : " J'espère qu'elle ne te fait pas trop travailler, dis-lui de te laisser un peu souffler comme tout le monde. " »

Mon cœur se serre. Je le regarde, et durant une seconde, ce n'est plus mon fils. Il me fait peur.

« Qu'est-ce que tu veux faire, alors ? » Je me sens piteuse, à sa merci, lâche, anéantie.

« Je voudrais jouer aux cartes. Mais on n'a pas de jeu. »

Mon énergie revient. À la guerre comme à la guerre, et j'ai des idées pour quand c'est la guerre. On n'a qu'à en fabriquer un.

Nous étalons sur nos petites tables dépliées des feuilles de papier, il faut juste les découper en trente-deux morceaux rectangulaires et égaux. Eugenio veut jouer au poker, et pour le poker, un jeu de trente-deux cartes fait l'affaire. Il s'occupe des cœurs et des trèfles, moi j'ai les piques et les carreaux.

Quand nous passons Rennes, le jeu est terminé. Splendides, tout en couleurs, les rois ont des barbes de mollahs, les reines des robes à paniers et les valets sont beaux comme des dieux. La partie commence, quand deux femmes viennent nous déranger. Elles ne font pas attention à nous, en fait, elles sont assises en face l'une de l'autre, et elles parlent sans s'arrêter. De temps en temps, elles jettent un œil désapprobateur sur notre infâme tripot. Eugenio a gâché un paquet entier de gommes vanillées pour faire l'argent, et il gagne. Il gagne d'autant plus que je les écoute un peu. Des phrases cousues de fil blanc passent au-dessus de nos jeux. « *Il ne sait même pas où je range la lessive.* » « *Tu imagines dans quel état sera la maison à mon retour.* », ce qui est étrange, c'est la nuance de triomphe dans la voix un peu sèche et usée de ma voisine, qui est assez jolie, et assez bête. Des yeux bleus cerclés de lignes noires, une bouche serrée, un rouge à lèvres trop rose.

« *Il ne se rend même pas compte qu'il est absent.* »

« *Même présent, il n'est jamais avec nous, d'ailleurs les enfants ne font même plus attention à lui. Un étranger.* »

« *Il faut tout lui passer, lui repasser, toujours à râler.* »

« L'écouter sans cesse, ses soucis d'argent, hypocondriaque. »

« Ah ! toi aussi, cet égoïsme chevillé au corps, de toute façon, avec son régime. »

« Jamais un mot, la télécommande, ce ronflement permanent. »

« Le mien commence à devenir sourd, il a même renoncé au squash. »

« Le samedi, il fait la sieste, jamais rien avec les enfants, les plateaux télé, c'est plus pratique ! »

Elles ont une sorte d'habitude, ce sont des balles d'entraînement en quelque sorte, le *gossip* malveillant sur les maris. Une mauvaise habitude. Quelque chose de bas.

Les mots se mélangent et nous salissent. Fermons nos oreilles. Le jeu s'arrête. Eugenio a tout raflé. Le train dépasse Landerneau, Landivisiau, la lande file, son vert militaire, des buissons de genêts, l'odeur qu'on devine, on arrive, je cherche des yeux la mer. « La première fois où tu la vois, fais un vœu, dis-je à Eugenio qui hausse les épaules.

— Avec toi, il faudrait faire des vœux sans arrêt. Ils ne réussissent jamais, de toute façon.

— Ah bon, dis-je, atterrée, quel vœu, par exemple ? »

8

Nous sommes arrivés dans la maison de Martha
à la nuit. J'en ai été déçue, je me faisais une fête de
montrer à mon fils son allure souveraine, au-dessus
de la falaise, un souvenir inoubliable, je n'étais pas
venue depuis quinze ans, mais j'ai tout de suite
reconnu l'odeur, les craquements, et cela a créé en
moi un sentiment bizarre, une sorte d'intérêt
joyeux. Martha nous a escortés dans l'escalier, a
ouvert une porte au bout d'un couloir. La chambre
était plus petite que dans mon souvenir, très sobre,
deux lits jumeaux, une petite table en bois, deux
étagères en ciment peint en vert, un lavabo et une
armoire, par la fenêtre on apercevait un arbre
immense et le jardin derrière, effrayant à cause de la
nuit et des bruits du vent. Martha a dit :

« On dîne dans une heure. Veux-tu te reposer ? »

Elle s'adresse toujours exclusivement à moi, dans
ce genre de circonstances. Eugenio me l'a souvent
fait remarquer :

« On dirait que je suis invisible ! »

Je lui réponds que c'est sa manière de faire savoir qu'elle est une militante de la protection des adultes menacés par la civilisation de l'enfant-roi. Le point de vue d'Eugenio, c'est que j'aurais pu lui trouver une autre marraine.

« Ma marraine, dit-il à qui veut l'entendre, est l'ennemie des enfants, elle est contre, elle les déteste, et en plus elle ne m'a jamais fait de cadeaux. Je ne sais même pas où maman l'a trouvée ! C'est quoi, le mot pour le contraire de miracle ? »

Comme la question de Martha ressemblait à un ordre, j'ai dit :

« Ne t'inquiète pas pour nous, à tout à l'heure, tout est magnifique. J'adore cette chambre. »

Je ne l'adore pas du tout, c'est une chambre qui m'a toujours fait peur, la plus sombre de la maison, la seule qui ne donne pas sur la mer, celle d'où l'on entend les corbeaux. J'y ai de mauvais souvenirs. Mais nous sommes des invités en surnombre, dont on a eu pitié, la mère de Martha l'a clairement indiqué quand elle nous a ouvert la porte :

« Quinze à Noël, ça ne s'est jamais vu ici. Je ne sais vraiment pas comment on va s'en sortir, il n'y a déjà presque plus de charbon, et la pauvre Catherine va devoir coucher dans le grand lit avec une de ses filles, elle qui n'a pas fermé l'œil de la nuit, à cause de la diarrhée des triplées d'Anne-Solange !

Elle accepte toujours tout, combien de fois je lui ai dit : Pour ce qu'ils t'en sont reconnaissants, tu crèverais la bouche ouverte, ils ne feraient pas un geste tous autant qu'ils sont, bonjour madame, bonjour mon petit, de toute façon, c'est Martha qui fait la loi, et depuis que son père est mort, c'est un sacré foutoir !

— Laisse-nous tranquilles, maman », a dit Martha de ce ton ferme et humiliant qu'emploient les adultes avec leurs parents quand les rôles ont été inversés et que tout le monde est engagé dans la Grande Descente Fatale.

J'ai dit à Eugenio :

« Viens vite, je vais te montrer la plage ! »

Autrefois, il me semble que je n'aurais pas osé laisser nos hôtesses, cela m'aurait paru grossier de poser nos valises dans la chambre et de repartir aussitôt, comme si nous étions à l'hôtel. L'époque est grossière, il serait présomptueux d'imaginer que cela puisse ne déteindre en aucune façon.

Je me souvenais du chemin de la plage. Nous avons traversé le jardin, sans souci des ombres bizarres qui nous barraient la route. Je tenais fort la main d'Eugenio, nous avons dévalé le sentier boueux qui descend vers la crique. La marée était haute. Nous nous sommes assis sur un rocher, on voyait le phare, la mer argentée, la lune, le ciel

presque vert et immense, les coques luisantes des
bateaux de plaisance qui restent durant l'hiver à
l'abri précaire du port. Tout autour de la baie, les
petites lumières humaines des maisons et des cafés,
des voitures et des lampadaires de la route du bord
de mer scintillaient comme des yeux de loups dans
la nuit. Le long du môle, il y avait deux thoniers.
Tout au bout, il m'a semblé distinguer les sil-
houettes enlacées de deux amoureux adossés à la
balise, mais je n'en mettrais pas ma main au feu, j'ai
tendance à voir des amoureux partout.

Nous sommes restés assis longtemps, les yeux
douloureux à force de scruter l'obscurité étince-
lante, main dans la main, en claquant un peu des
dents.

« Je n'ai rien vu d'aussi magnifique, jamais », a
dit mon fils, d'une voix mal assurée, et j'ai eu l'impression fugace d'avoir rempli mon rôle sur terre.

Dans le salon, tout le monde était en train de
regarder des photos étalées par terre.

« En rangeant la buanderie, Catherine est tom-
bée sur une valise remplie d'albums classés par
années. Il y a tout, là-dedans ! » m'a expliqué Martha, la voix vibrante. « Un monde englouti. Est-ce
que ta mère t'a raconté l'histoire de notre famille ? »
a-t-elle demandé à Eugenio. Et, sans attendre sa
réponse, elle s'est mise à parler de mariages somp-

tueux, de jeunes gens aux mâchoires bien dessinées, du temps où l'on savait recevoir à l'heure du thé, des trois cents robes de son arrière-grand-mère, du bébé lion qu'avait offert l'ambassadeur du Congo à Mamie pour ses sept ans, après avoir appris qu'elle s'ennuyait tant qu'elle risquait de tomber malade.

« Évidemment, c'est le bébé lion qui est rapidement tombé malade, à force de boire des biberons de chocolat et de se promener entortillé dans les robes que Mamie lui confectionnait, coiffé de petites toques en organdi. On l'a donné au zoo, je ne sais pas ce qu'il est devenu, Mamie ne voulait pas en parler. Peut-être qu'elle regrettait. On n'a même jamais su son nom, à ce lion. Ici même, dans cette maison de vacances, qu'on appelait la petite maison, par opposition aux deux grandes villas dont ont hérité les cousins, il y avait un fumoir, deux salons et deux petits bureaux. On considérait comme absolument indispensable au respect de la personne que chacun ait au moins deux pièces à sa disposition pour se retirer. Aujourd'hui, on a tout transformé en chambres ou en dortoirs pour l'été. Quant à Mamie, elle est morte en même temps que les soirées mondaines au Grand Hôtel, c'est tant mieux, elle n'a pas vu son monde sombrer. Elle n'a pas su que des garçonnets en survêtement, aux bouilles mal lavées, et une nette propension au bras d'honneur, avaient remplacé, sur la terre battue des

anciens courts du parc, les joueuses de tennis fitzgé-
raldiennes.

— Je ne te savais pas si nostalgique ! a dit
Étienne d'un petit ton aigre. Je ne comprendrai
jamais comment vous faites, dans ta famille, pour
être si fiers de vos ancêtres banquiers, de vos terres
en friche, de votre bruyère battue par le vent, de
vos carrières d'améthystes, de vos aïeules femmes
du monde. En vérité, je ne vois là qu'exploiteurs à
la bonne conscience, chevaliers d'industrie fiers
à peu de frais de leur piètre vernis de culture, de
leurs trois tableaux de collection, et de leurs vieux
livres à la reliure décrépite que personne ne lit. Des
demi-mondaines et des capitalistes en gants de
pécari mal abrités derrière leurs discours paterna-
listes. Comment peux-tu avaler toutes ces fariboles
et être si candidement de gauche, te prétendre
démocrate, militer dans la branche radicale du syn-
dicat des radiologues pour le droit aux prothèses
dentaires pour tous ?

— Je vous en prie, Étienne, a coupé la mère de
Martha, vous êtes encore chez moi, que je sache, et
je ne suis pas du tout sourde, malheureusement.
Vous gardez pour vous vos petites réflexions de
petit-bourgeois parvenu qui se pique de sociologie
et tout ira pour le mieux. Mon Dieu, que je regrette
le temps où les parents organisaient eux-mêmes le
mariage de leurs enfants ! » Elle s'était laissée glisser

dans un fauteuil et s'éventait avec un lapin en peluche qu'elle avait ramassé par terre.

J'ai pensé : Quelle santé !

La porte-fenêtre donnant sur la terrasse a claqué et tout le monde a sursauté.

« Fantôme ! » a dit Marie-Sandra, en se cassant un ongle de rire.

Les enfants avaient tous disparu. Les quatre grandes filles avaient allumé la télé, et pris les triplées sur leurs genoux, elles leur commentaient un nouveau jeu *Que le meilleur dîne !* Sept filles, comme dans les contes de Grimm. Cela faisait un peu peur.

« À table dans dix minutes », a dit Martha très fort. Elle s'est assise derrière moi. J'ai pris un album, 1948-1949. Sur tous les albums, il y avait deux dates. J'en ai tourné les pages avec crainte, et une certaine émotion, bien que je déteste les photos. Il s'agit presque toujours de preuves à l'appui. De preuves mensongères. Rien ne s'est jamais passé comme les photos le disent, et pourtant, un jour, on se souvient des photos, et seulement des photos. Les photos dessinent des passés heureux, des vacances ensoleillées, des couples enlacés, des fiancées ébouriffées de sensualité joyeuse, des enfants qui courent en criant de bonheur sur la plage. Les photos sont le mensonge vainqueur sans combat.

Une invention stalinienne. Il n'y a jamais de photos pour les soirées mortelles, les courses sinistres dans un supermarché glacial, pour les déjeuners étouffants, pour les disputes entre frères et sœurs, les déceptions irréparables, les divorces en gestation, l'ennui quotidien, les jours de pluie. Les photographes nous incitent à regretter un passé qui n'en vaut pas la peine. À pleurer des moments que nous n'avons pas aimés, et qui ne le méritaient pas. En écoutant Martha, les joues roses d'excitation, commenter la vie de ses pâles cousines de légende, robes légères, pantalons blancs qui dépassent, canotiers, panamas et shorts anglais pour leurs soupirants, j'ai dit, après avoir posé quelques questions de circonstance, demandé quelques noms, et, piquée par je ne sais quelle mouche bretonne, entraînée peut-être par le climat polémique qui semblait régner dans la maison :

« Les photos, ça me fait penser à cet homme armé d'un Nikon qui, l'an passé, sur la plage de Beg-Meil, obligeait une malheureuse fiancée d'un jour à prendre des poses de naïade, au bord des vagues, puis dans l'eau jusqu'à la taille, et lève un peu le bras, tords ta hanche, prends tes seins dans tes mains, maintenant sors, et assieds-toi, naturelle, plus naturelle, sensuelle, plus sensuelle, enfonce tes mains dans le sable. C'est alors qu'elle s'est révoltée.

Elle ne supportait pas le sable, elle voulait bien se plier à tous les caprices de ce type, bien sûr, elle trouvait que cela faisait cinéma, je ne sais pas ce qu'elle pensait, elle ne pensait sans doute rien, une idée des vacances de rêve, de l'amour, du sexe, qui excluait le sable, qui n'est pas moderne, qui entre dans la peau et qui gratte. »

Tout le monde m'a regardée. Eugenio observait attentivement ses chaussettes.

« De toute façon, a dit Marie-Sandra, je crois me rappeler que vous êtes contre tout. »

Je l'ai imaginée déhanchée, sur une plage.

« Pas du tout, ai-je bafouillé, c'était juste pour discuter. »

« À table ! » a crié de nouveau Martha, de la cuisine. On s'est tous assis autour de la grande table de bois familiale qui faisait le coin du salon. Quelqu'un a ôté le bouquet de houx qui trônait au milieu et l'a posé par terre pour faire de la place.

« Je lui donne cinq minutes avant d'être renversé ! » a murmuré Étienne, mais il n'a rien dit, ni rien fait, et je l'ai trouvé pervers ou lâche, sans pouvoir décider. Cela faisait une sorte de banquet féminin, ce qui est une contradiction dans les termes, puisque les femmes étaient toutes debout, comme c'est la coutume, et, pour la moitié d'entre elles, à la cuisine.

« Pour le dîner, comme Yolande ne peut pas rester, nous prévoyons des plats faciles à servir », m'a expliqué Anne-Solange, qui était assise à côté de moi. « Bon, je reste assise avec vous deux minutes, Martha, Marie-Sandra et Catherine, cela suffit pour la cuisine. »

Elle n'avait pas l'air de voir qu'elle ne pouvait pas bouger.

Ses trois bébés cramponnés à ses jupes lui faisaient une énorme ancre. Elle ne s'en apercevait même plus, tellement habituée à être un toboggan, une masse écrabouillée sous Moira, Minna et Melissa. Catherine est entrée en portant un saumon. Marie-Sandra a posé sur la table un gratin de courgettes de la taille d'une roue de vélo, et Martha des tranches de jambon et une platée de coquillettes pour les petites.

Tous les jours recommencer, tous les jours, quelle fatigue, me suis-je dit, regrettant soudain d'avoir accepté cette invitation, épuisée, alors que je n'avais rien fait, épuisée à l'avance par la vaisselle, les cris d'enfants, les courses de demain, les autres repas, d'innombrables repas, tous plus splendides et parfaits les uns que les autres.

Soudain, la mère de Martha s'est mise à me parler avec affection, en tripotant le bouton du haut de son chemisier orange à cravate verte qui m'impressionnait depuis mon arrivée.

« Vous n'avez qu'un enfant, m'a dit ma fille aînée ?

Moi, j'en ai eu quatre, quatre filles, et sept petites-filles, jamais je n'aurais pensé que ce serait comme ça, tellement de peine, tellement de soucis, et pour avoir quoi au bout, on se le demande ? Henri est mort il y a deux ans, en me maudissant parce que son nom s'est perdu. Personne ne sait ce que c'est de se retrouver seule, après cinquante-deux ans de mariage, il me reste de l'argent, bien sûr. L'argent venait de ma famille, c'est pourquoi ils n'ont jamais accepté Henri, et moi, quand j'y songe, je ne l'ai guère défendu contre les humiliations. Je donnerais tout, jusqu'à ma dernière petite cuiller, pour qu'il soit encore là. »

Elle avait pris ma petite cuiller et essayait de la tordre entre ses doigts tachés.

« C'est ma petite cuiller, Mamie, ai-je fait remarquer, prenez donc la vôtre ! »

Les élans de sacrifice chez certaines personnes sont à surveiller de près.

J'ai vu qu'Eugenio la regardait avec frayeur.

« Du saumon, maman, a coupé Martha, en lui remplissant son assiette. Tu sais que tu dois manger. Laisse donc Nouk tranquille, elle a les larmes aux yeux avec tes histoires, je t'assure, cela ne se fait pas, de parler de la mort à table. » J'ai regardé avec soin les hirondelles qui faisaient la ronde dans mon assiette de porcelaine bleue.

Marie-Sandra a éclaté de rire.

« Papa avait une liste. Il ne faut pas parler de la mort, ni de maladie, rien de physiologique, c'est vulgaire, ne pas répéter non plus de ragots sur les gens, jamais de sexe, bien sûr, pas d'indiscrétions, pas de religion, on ne parle pas non plus des gens célèbres, on n'est pas chez la concierge, les cancans sur Mademoiselle Boudou, la nouvelle fiancée de Johnny Hallyday, à éviter, même pour s'amuser. L'économie, c'est bien, les sujets d'intérêt général, les commentaires sur les questions de société. La violence, la pollution, l'école publique, le travail à mi-temps. Ne pas dire du bien de ses enfants, ne pas dire du mal de ses collègues : ça n'intéresse personne. Ouf ! »

Catherine a pris un air rêveur.

« J'ai remarqué qu'aujourd'hui les gens se racontent surtout ce qu'ils ont vu à la télévision, et papa n'avait pas eu le temps de bannir ce sujet. Il n'envisageait même pas qu'il pût exister. »

Les filles mangeaient sans rien dire, aux deux bouts de la table, l'air plutôt absent.

« Je crois qu'elles ont des poux, qu'elles ont, toutes les quatre, la tête couverte de poux, a dit soudain Catherine, qui les regardait depuis un moment.

— Ma pauvre fille, tu es folle ! s'est exclamée Mamie, délaissant son bout de saumon soigneusement transformé en purée, touillé et mélangé aux arêtes et au gratin. Il n'y a plus de poux depuis la guerre !

— En tout cas, si elles en ont, ce sont tes filles qui les ont passés aux miennes ! s'est exclamée Marie-Sandra. Cela ne m'étonnerait pas, quand on voit où vous vivez. »

Il n'y avait plus une miette de saumon, et Étienne s'appliquait à nettoyer le plat du gratin. Moira, Minna et Melissa ont étalé encore un peu de jambon sur leur mère et ont été chercher des livres pour qu'elle leur fasse la lecture. Les grandes filles et Eugenio avaient redisparu. On entendait le bruit de la télévision.

« Jamais je n'ai vu des enfants aussi peu serviables, ni aussi mal élevés, a marmonné la vieille dame.

— Je t'en prie, maman », a répliqué Marie-Sandra. Et les syllabes ont claqué.

Je me suis demandé où étaient tous les maris.

Après le dîner, les triplées, installées sous le sapin et sur leur mère, se sont occupées à lui enfoncer des aiguilles partout, dans le but de la transformer à son tour en sapin.

« Anne-Solange est extrêmement patiente ! » a noté sa mère, qui était retournée dans le fauteuil patriarcal et s'éventait de nouveau avec le lapin en peluche, à cause du muscadet du dîner.

Martha m'a entraînée à la cuisine, pour faire la vaisselle et répondre à mes questions.

Nous avons ouvert la fenêtre et nous nous sommes assises sur le rebord pour fumer une cigarette, comme autrefois. Martha fumait toujours des Pall Mall sans filtre, des cigarettes pour esprits forts, tandis que moi, avec mes Peter Stuyvesant light et mentholées, je me faisais l'impression d'une morue, encore que le sens exact de ce terme m'échappe.

Les vagues faisaient un vacarme étonnant.

« C'est la grande marée ! » a dit Martha avec fierté. Le genre de fierté qui l'auréolait autrefois quand elle évoquait son Grand Prix d'Équitation, son Tour de la Baie en Solitaire, ou ses Vingt Kilomètres à la Godille. Sa fierté que je nommais secrètement nietzschéenne.

« Tu te souviens quand on chassait les écureuils ? » Ça nous a rendues silencieuses, ce souvenir tellement vieux.

Nous avons écrasé nos mégots dans une assiette sale et commencé le grand nettoyage. Piles d'assiettes par ordre de taille, rinçage des verres puis des couverts, séchage systématique. Pratiquée comme un artisanat, la vaisselle est une activité noble et apaisante, qui s'apparente à la méditation.

« Où sont tous les maris ? ai-je demandé, finalement.

— Le mien est là, apparemment. Et toi, le tien

est où ? a répliqué méchamment Martha, comme si j'agressais sa famille.

— Tu le sais mieux que moi ! ai-je répondu tristement. Il y a si longtemps que je n'ai plus de nouvelles d'Alfonso. » C'était encore plus vrai que je ne le croyais, mais on dit souvent des phrases dont on ignore la portée.

Martha a changé de ton. Comme si ses mots avaient dépassé sa pensée, comme si c'était une sorte d'erreur d'aiguillage. Elle s'est mise à me raconter l'histoire de Catherine, l'histoire extraordinaire de la triste Catherine.

« Tu te souviens, nous l'appelions toutes sainte Catherine, ça la faisait pleurer, elle disait qu'à cause de nous, elle ne se marierait jamais, mais c'était impossible, elle était si jolie, la plus mignonne des petites souris, comme disait papa. Elle était jolie, et sérieuse. À la faculté de droit, tout le monde était à ses genoux, mais elle ne voyait jamais rien. Elle avait mis une grande banderole dans sa chambre : " Les femmes se réveillent, plus besoin de prince charmant. " Elle répétait cela toute la journée. Elle ne pensait qu'à cela, au prince charmant. À en être digne. Elle était convaincue que cela se mérite, comme tout. Un travail assidu. Quand elle a rencontré Sacha, qui s'appelait en vérité Jean-Pierre comme tout le monde, elle a décidé que c'était lui. Elle...

— Tu m'ennuies, Martha, dis-je en cassant un verre, à force d'y fourrer trop énergiquement mon torchon trempé. Je connais dix mille histoires de ce genre, et je ne vois pas ce que le mariage de Catherine a de spécial. Ta sœur a toujours été un peu casse-pieds, comme toutes les saintes, et son mari a fini par se lasser. Un type qui se fait appeler Sacha, tu imagines... »

Martha me regarde avec attention, pour m'obliger à écouter. Me sortir de mes ornières, m'arracher mes œillères (j'ai toujours soupçonné que c'était le même mot). Elle me cloue d'avance à son petit pilori personnel et moi, je sais que je ferais mieux de ne pas trop m'avancer sur ce terrain miné.

« Son mari, figure-toi, elle l'a rencontré dans un colloque consacré à " Promesses et déceptions capitalistiques dans les pays de l'Est ", et ça a été une idylle romantique pendant des années, l'amour et le militantisme, les idées partagées, l'amour et l'amitié confondues, un pied de nez aux cyniques, aux donneurs de leçons, aux rabat-joie. C'était un orateur magnifique et, en plus, il adorait son intelligence, il l'appelait Ma petite lumière, Svetlana. Les années ont passé, les filles ont grandi, Catherine a perdu son éclat, elle ne brillait plus du tout, elle était devenue toute terne. Elle corrigeait tristement les copies de ses élèves de seconde, option sciences économiques et sociales, naissance de la monnaie, le marché intérieur, le retour de Malthus, la crise de 29, deux sœurs ennemies : la betterave et la canne à sucre, la dette et ses effets sur la consommation des ménages, revenu agricole et peau de chagrin, la sidérurgie comme passé, économie et préservation du milieu, toutes ces questions qui lui faisaient briller les yeux, qui annonçaient des jours nouveaux, étaient devenues les barreaux de sa cage, une routine sans espoir, des plans détaillés, rien d'autre que des plans détaillés, des dissertations répétitives, des prétextes à fautes d'orthographe, truismes et clichés. Alors, il a *fait* quelque chose de spécial. Il lui a construit un studio, afin qu'elle puisse travailler à sa thèse, disait-il, il faut que tu t'affirmes, ma chérie, disait-il, et tes cheveux arrêteront de tomber sur le tapis, sur nos oreillers ou sur mon veston, ce qui m'exaspère particulièrement, ajoutait-il à mi-voix. Tu t'es beaucoup trop occupée de moi, des filles, de tes élèves. Où est la lumière de tes yeux, la nacre de ton teint ? Il faut penser à toi, disait-il désormais, à ta carrière. Il lui a fait un studio, en sous-sol, parce qu'il n'y avait, paraît-il, pas d'autre place. Un studio en verre, pour la lumière. Quand le caveau de la liberté a été construit, on marchait sur le ciel de Catherine, en entrant chez eux. Des carreaux de verre très épais, comme il y en a parfois dans les piscines. Catherine s'est installée joyeusement dans son cercueil.

— Le lit de Blanche-Neige ! Tu veux dire que

parfois les princes charmants rendorment leurs princesses ! dis-je avec une prudence de bonne élève dans la voix. » Et Martha me sourit avec une dureté inattendue.

« Et puis ce salaud de Jean-Pierre est parti, dit-elle. Parti. Sans laisser d'adresse. "Je n'ai pas pu m'en empêcher", disait la lettre qu'il a laissée. " C'est ma peau que je dois sauver. " Tu aurais vu l'état de sa peau, mais glissons, mortels, comme disait l'autre. Sur ces bonnes paroles, ma chérie, il faut que je te laisse quelques secondes, j'ai un coup de fil à passer, je descends à la cabine du port, si on me cherche, tu dis que je suis allée marcher. »

La vaisselle est rangée, la cuisine étincelle. Martha me glace, pensé-je et je ne sais pas pourquoi. Je ramasse encore deux ou trois fibrilles de verre cassé et je me rassois au bord de la fenêtre, avec l'espoir bizarre qu'une réponse va venir de la forêt si je la regarde assez fixement et sans penser. Les corbeaux font leur sérénade avec les vagues. Il y a même un hibou.

Au salon, un jeu a été organisé par Mamie, Anne-Solange, Étienne et Aglaé.

« Viens t'asseoir ! dit Étienne, en me tendant une feuille blanche et un feutre noir, tu dois trouver une définition pour un mot qu'Aglaé va nous révéler. »

Aglaé, la fille aînée de Marie-Sandra, ressemble à une reine de Saba aux lèvres fines. Elle est assise en tailleur au fond du divan recouvert de tissus indiens et nous regarde. Le dictionnaire est posé entre ses cuisses.

« Le mot est *kartouli,* dit-elle. Chacun écrit une définition. Je lis les définitions. Il faut deviner celle du dictionnaire et faire croire à celle qu'on a inventée. »

Le silence retombe, deux minutes de silence. Ensuite, Aglaé lit, sans qu'un muscle de son visage ne trahisse ses sentiments.

« *Kartouli*, sorte de parfum issu des îles polynésiennes, *kartouli,* jeu d'osselets africain, *kartouli,* portulan antillais, *kartouli,* technique médicale très ancienne pour soigner les rhumatismes et les contractions musculaires, *kartouli,* danse géorgienne exécutée comme un poème d'amour, selon des règles très strictes. »

On entend un hurlement.

Cela vient du premier étage. C'est la voix de Marie-Sandra.

« Ce n'est rien, dit Étienne, qui n' a pas bougé, et me regarde avec tristesse. Marie-Sandra adore le théâtre. »

Toutes les femmes se sont précipitées dans l'escalier. Marie-Sandra entre, elle tient une serviette blanche à la main, qu'elle étale avec emphase sur la table.

La serviette est couverte de cadavres noirs, minuscules, aux petites pattes étalées. Quelques centaines de poux.

« C'est Catherine. Voilà ce qu'elle vient de m'apporter sous prétexte que je ne crois que ce que je vois. Elle les a étalés, disposés, elle faisait ça depuis tout à l'heure, avec Sonia, dans la salle de bains. C'est répugnant, ça ne m'étonne pas que Sacha t'ait plaquée, ma pauvre fille. »

L'œuvre d'art réalisée par Catherine et Sonia est assez drôle, pourtant. Mais l'art moderne et les poux déclenchent le plus souvent des réactions imprévisibles. Marie-Sandra s'est assise au bord de la grande table et sanglote.

« Le jeu est fini, dit Aglaé. C'était une danse géorgienne exécutée comme un poème d'amour. Je crois qu'on va tous se coucher, maman ! » et elle prend sa mère par les épaules. « Viens, tu vas téléphoner à papa pour tout lui raconter. »

Je les regarde s'éloigner, Aglaé et Marie-Sandra, d'un côté, Catherine et Sonia de l'autre, deux vestales et leurs mères.

Martha n'est toujours pas remontée de la cabine téléphonique du port. Je pense à son audace, à ses cheveux défaits de femme adultère, de femme libre, pensé-je en vérité, tant on identifie sans le vouloir la transgression et la liberté. Je ne peux m'empêcher de penser à Jason, l'homme aux merveilleuses caresses, à Étienne, l'éternel fatigué de la vie, à l'ogre Sacha parti au loin, à Henri qui est mort, tous ces fantômes, que nous veulent-ils, au fond ? Et Pierre-Jean, que nous appelions tous *ce pauvre Pierre-Jean*, et qui est devenu le mari de Marie-Sandra, à notre infinie surprise, et Alfonso, mon fantôme à moi, disparu depuis si longtemps, je ne désire plus savoir pourquoi.

J'entre doucement dans la chambre aux corbeaux, notre chambre.

Sur le grand lit, il y a un petit corps prostré. Eugenio pleure. Peut-être depuis des heures.

Je le secoue.

« Qui t'a fait de la peine, mon chéri, qui t'a fait mal, que se passe-t-il, qu'est-ce qu'il t'arrive ? » Je le masse et le dorlote et aucun son ne sort de lui, hormis le hoquet des larmes, la courte houle des sanglots. « Je t'en supplie, Eugenio, parle, s'il te plaît. »

Il dit : « J'ai peur, maman. Je n'aime pas Martha, même si c'est ma marraine, même si tu m'as dit qu'elle me protégerait toujours, elle est tellement coupante, et dure et haute comme un mur de pierre, et sa mère encore plus. »

Je sais que ce n'est pas une vraie raison pour pleurer ainsi. Pour pleurer ainsi, il faut la douleur ou le deuil. Pleurer comme si quelqu'un était mort, voilà ce à quoi je pense. Parfois, quand quelqu'un meurt, on n'a pas envie de pleurer, et il faudrait, et les larmes viennent plus tard, sans prévenir. Quand elles viennent, elles font du mal et creusent leurs ravines, c'est ce que je dis à Eugenio.

« Peut-être aussi, parfois, pleure-t-on à l'avance, remarque-t-il. Et puis tu m'as abandonné. Tu ne t'es pas aperçue que j'étais parti, je me suis dit que tu allais venir très vite, et j'ai vu que tu m'avais oublié. La famille de Martha t'a capturée. » Eugenio ne pleure plus, il parle en baissant la voix, en baissant les yeux. « Tu te trompes toujours, maman. C'est ce que papa a dit au téléphone, que tu ne savais pas vivre avec moi normalement. Il a dit que tu étais devenue un peu folle, d'après les bruits qu'il avait recueillis, qu'on était toujours tout seuls tous les deux, que c'était très dangereux tout ça, tous les spécialistes de l'enfant et de la famille le disent, il m'a dit : " Qu'est-ce que tu en penses, tu ne crois pas, mon chéri ? " c'est ce qu'il m'a dit, est-ce que c'est vrai, maman ? Je les ai entendus en parler au téléphone, avec Martha, ils disaient que tu étais tellement fragile, trop dangereuse, pour toi-même et sans doute pour un enfant, avec ce psychisme, cette hérédité, ce psychisme d'hérédité, ils ont dit : " un gène d'irréalité " et tous les mots sont entrés dans ma tête, on ne peut pas les effacer. »

Je regarde Eugenio sans y croire, dehors les mouettes se sont mises à crier dans la nuit.

9

J'ai froid, soudain. Il y a dans la pièce une odeur de pourri. Une vague de solitude me submerge.

« Tu ne peux pas allumer la lumière, maman ? » dit Eugenio, qui a séché ses larmes et s'est assis sur son lit, les genoux repliés, le dos contre le maigre oreiller blanc qui le protège du mur en crépi. Qui a inventé les murs en crépi, c'est une chose que je me suis souvent demandée. Un fou, un dangereux sadique, un disciple des hérissons de Schopenhauer, qui, s'éloignant, dit-on, se plaignent de trembler de froid et s'entre-déchirent quand ils se rapprochent. Les deux veilleuses en ferraille verte tordent leur cou maigre vers nous, et je m'assois, symétrique à mon fils, les genoux pliés, et les yeux fixés sur l'ombre géante que font les pétales des hortensias bleus desséchés. Des fleurs imprégnées d'ardoise, éternelles, comme des anges gris et indifférents, qui sont le seul ornement de la chambre. J'allume aussi la radio, pour chasser les fantômes.

À la radio, les gens sont toujours gais et n'ont pas l'air d'avoir peur. Ils discutent. Parfois, ils ont des fous rires, pour un lapsus, un mot de travers. Rien n'est grave, parce qu'il n'y a pas d'images. De ce fait, ils peuvent être sérieux, si telle est leur fantaisie. On ne voit ni leurs cernes, ni leurs yeux angoissés, ni comme ils ont vieilli. L'éternité est de leur côté et ils se lancent des idées comme on joue au ballon. Les idées sont la meilleure arme que je connaisse contre le chagrin. Deux ou trois voix enjouées qui parlent d'on ne sait quoi, c'est une sorte de jeu, essayer d'approcher le sujet, deviner peut-être qui est caché derrière les mots qui s'égrènent, et de quoi il retourne. La curiosité force à sortir tout à fait de soi.

Plusieurs voix, que je ne cherche pas à distinguer, évoquent des écrivains, des artistes, des gens éternisés en tout cas par Truman Capote et le photographe Richard Avedon. Assez vite, la conversation a débordé son objet :

« *Ce sont des saints laïques, tourmentés par leur obsession — et comme disait Gauguin, je peins le passage —, habités par le dilemme de l'être humain. Gauguin, vous croyez ? Évidemment, si cela vous convient d'appeler obsession la plus élémentaire des exigences !!! vieillir, et vivre, ou s'arrêter, éterniser la*

beauté. *Que disait déjà Guy Debord ? N'était-ce pas :
trêve de balivernes ? Je vous en prie, qu'on cesse d'ex-
ploiter ce mort !* (brouhaha) *Ou bien tout sacrifier à
l'instant, la neige, Rilke, ou un cygne, sait-on encore
voir ? Le mensonge, le mensonge, et encore le mensonge ! Un roman, n'est-ce pas avant tout la qualité
d'un regard ? Ne peut-on en dire autant de la publicité ? Vous rigolez, mon cher ? le peintre, la femme, le
poète, un enfant, sainte quadrature du cercle des bon-
dieuseries inlassablement resurgies de leurs cendres ! Si
nous savions seulement le centième de ce qu'aujour-
d'hui nous cachent les puissants, des assassins, nous
sommes aux mains des assassins, disait Rimbaud, foin
de vos fossettes infectées ! La paranoïa n'est même plus
critique, voilà le hic ! N'y a-t-il pas plus de poésie dans
un enfant que dans tous les alexandrins des poètes offi-
ciels de tous les temps ?* (rires, grincements de verres,
bruits de cendriers) *et croyez-vous que celui qui ne se
sent pas contraint de créer puisse être un authentique
créateur ? Relisez madame de Sévigné, rien ne vaut
l'être en soi-même. Que sait-on de la beauté ? Qu'elle
est tragique ?* (rires) *Pensez au visage de Karen Blixen,
ses yeux noirs. La douleur n'est jamais choisie. Que
celui qui proclame la poésie sache bien qu'il ne l'at-
teindra pas* (rires, craquements d'os, de mâchoires,
verres d'eau qui tintent). *Comme vous êtes janséniste,
ma chère ! Le naturel, c'est si facile à dire, quatre
heures par jour à ma table, sinon je souffre de*

*migraines et ne puis m'empêcher d'écrire, à quoi je
reconnais l'artiste. La vraie morale se moque de la
morale. Et s'il n'y avait tout simplement pas à se poser
cette question, ce serait la rose est sans pourquoi, et
pour l'homme le travail, la dure sainteté du travail
honnête, fait pour lui-même, ce qui est presque impossible, reconnaissez-le à notre époque, ceux qui disent le
contraire sont des menteurs, les écrivains sont obligés
d'avoir des visages d'acteurs, quels soins constants, vous
imaginez, surtout pour les femmes, même les évêques,
les cardinaux et les papes font du cinéma. Mon ami,
rejoignez votre petit banc de pierre dans la forêt ! »*

« Tu peux éteindre, maman ? Ou mettre Fun
Radio ? »

J'ai déjà expliqué à Eugenio que je ne peux pas
supporter d'entendre Fun Radio. Et encore moins
en sa compagnie. Cela me dégoûte. « Question de
génération, m'a dit Nicole, qui a un dossier sur les
adolescents et la culture sexuelle à la radio. Tu n'entends pas la même chose qu'eux. Tu dramatises ce
qui les amuse, tu prends au sérieux ce qui est un
jeu. »

Pour Nicole, tout est question de génération
C'est un concept qui a avantageusement remplacé
les idéologies, la lutte des classes, le féminisme, la
psychanalyse et les cultures minoritaires, ses grilles
d'interprétation du monde des années précédentes.
Je rêvasse, rassurée de penser à Nicole et donc au

bureau, mon nid, mon ancre, ma sécurité, peut-être le seul endroit du monde où l'on m'attende, où j'aie une chaise à moi, et pour toujours. Fonctionnaire, drôle de mot, si tranquille, carré. Tout recommence tous les jours de la même façon. Je dérive loin de ce marécage fétide où je nous ai enlisés, croyant bien faire. Les vacances, la famille, quelle arnaque.

Et voici qu'Eugenio, vif soudain comme un goujon, polémique :

« Moi, je trouve que c'est amusant, Fun Radio, tous les copains écoutent, on se raconte les histoires, il y a des gens vachement marrants qui téléphonent, et puis on apprend plein de choses et ils sont très gentils. Et drôles. Ils cherchent à aider les gens. Plus que tes vieilles noix poussiéreuses, qui ne disent que des mots qu'on ne comprend pas, ils font exprès, ou c'est de naissance, peut-être qu'ils l'ont aussi, le gène d'irréalité ? »

Je suis en colère.

« Oui, ils l'ont, dis-je, dignement, tous les hommes et toutes les femmes l'ont, si l'on y réfléchit. C'est comme la folie et la solitude, mon chéri, c'est pour tout le monde, mais la plupart des gens ne veulent pas le savoir, parce qu'ils ont peur, ou qu'ils n'ont pas les moyens de les supporter ni de les comprendre. Alors, ils deviennent méchants, et furieux, leurs vies tournent à l'aigre, à la fin ils meurent, en griffant leur lit de rage. »

Eugenio tire les fils du couvre-lit en coton blanc et il tricote une petite natte. Un pétale bleu-gris d'hortensia virevolte et tombe devant nous, comme une virgule.

« On n'aurait qu'à avoir deux radios et deux casques, propose-t-il, les yeux pleins de rêve. C'est quoi ce bruit, on dirait un hélicoptère qui atterrit dans le jardin ? »

Je regarde par la fenêtre, j'ouvre. Une goulée d'air, de vent glacé et salé me surprend. Il n'y a personne. Au loin les bateaux se balancent, à l'infini, en crissant.

« Il faut dormir, chéri.

— Je suis sûr que je vais faire des cauchemars. »

Il prend un air diabolique, intime, tendre.

« Tu pourrais me lire une histoire, tu pourrais m'inventer un conte comme quand j'étais petit, cela chasserait les mauvais esprits, tu l'as toujours dit.

— Tu pourrais lire un peu tout seul, dis-je avec dignité.

— Non, parce que je n'aime pas lire, et c'est à cause de toi. »

Je pâlis. J'hésite à demander une explication.

« Tout est toujours à cause de moi, tout le

monde le sait, ce n'est pas une explication, c'est juste une tautologie.

— Tu ne devrais pas dire des mots que je ne comprends pas, dit Eugenio. C'est Martha qui l'a dit. Les livres, c'est que, comme tu m'en a trop lu quand j'étais petit, c'est un *servage* impossible. Cela ne m'avance à rien de lire, tu as omis de me donner le sens de l'effort. J'ai trop lu dans ton ventre.

— C'est cela, oui, et tu as d'autres théories stupides à me servir, dis-je avec une sécheresse excessive. On ne dit pas servage, mais *sevrage*, les perroquets doivent se curer les oreilles.

— Les perroquets ont pas d'oreilles, maman ! dit-il en se tordant de rire.

— Et qui t'a si bien expliqué ta paresse d'analphabète ? »

Je sais parfaitement que c'est encore Martha.

« C'est Martha.

— Martha n'y connaît rien, elle est dentiste.

— Elle a fait des études de psychologie et papa dit qu'elle est d'un grand bon sens.

— Elle n'a pas eu d'enfants, dis-je, mortifiée, comment ose-t-elle jouer les spécialistes ?

— Papa dit qu'elle a décidé de ne pas en avoir, car elle sait le mal que les mères font sur la terre. C'est la marque d'une profonde sagesse.

— C'est bien vrai ! » dis-je et je lui fais un baiser sur les yeux. Je me souviens que c'est ainsi que nous sommes devenues amies, Martha et moi, il y a si longtemps. En chœur, nous maudissions nos mères, en buvant une menthe à l'eau sur une terrasse ensoleillée près du lycée. Je peux me souvenir de l'odeur des lilas. Les mères, cette engeance ! disions-nous. La littérature n'est-elle pas pleine de leurs crimes et de leur bonne conscience, de leurs plaintes et de leurs ravages. Désertons ! était notre mot d'ordre. Plus jamais ça et jamais nous !

Martha a tenu parole, pourtant elle est ici dans sa famille, devenue en quelque sorte patriarche avant l'heure, et je suis ici avec elle, sans homme pour me serrer dans ses bras la nuit, mais étrangement accompagnée d'un petit garçon, pas du tout ce que nous avions rêvé. Et nous sommes ici, en cette fin du mois de décembre, ces derniers et sinistres jours de l'année, et Martha a sa mère à ses côtés, me dis-je en souriant et cela m'apaise, cette plongée dans notre passé disparu irrévocablement. C'est une chose mystérieuse, que les souvenirs adoucissent le cœur quand ils devraient nous faire pleurer.

« Je vais te raconter l'histoire des *Quatre Principes de la femme parfaite*, dis-je à mon fils. C'est un conte peul, qui est beau et profond.

— Oh non, pas celle-là ! Tu la racontes tout le temps. C'est une histoire pour filles, je n'aime pas quand il y a des fées. Je veux *Moitié de poulet*. »

Eugenio s'est glissé sous les draps, roulé en boule. Je remets en place le col de son pyjama imprimé aux couleurs de je ne sais quel club de basket, des têtes de vache qui ont pour lui une signification sacrée.

Et je lui raconte *Moitié de poulet,* qui était si malin qu'il avait prêté cent écus au roi, et si fort qu'il pouvait porter tous ses amis dans son cou. « Viens, renard, entre dans mon cou » est une des phrases préférées d'Eugenio avec « Rivière, rivière, sors de mon cou, ou je suis un petit poulet perdu ! »

Quand Moitié de poulet devient roi et que le peuple l'acclame, tout heureux d'avoir un souverain qui sache si bien économiser et cultiver ses amitiés, Eugenio s'endort en me tenant la main.

Il me faut un peu de temps pour détacher ses doigts. Le fleuve des Enfers nous sépare. Même si jusqu'au bout je t'ai accompagné pour que tu n'aies pas peur, mon chéri, quand nos doigts se détachent, je sens que nous sommes séparés.

J'entends un bruit dans le jardin, une petite colonne en marche. Par la vitre, j'aperçois Martha et ses sœurs. Elles portent des capuches et des lampes torches. Il y a toujours le bruit sourd. Une sorte de moteur qui vrombit, et fait vibrer la maison.

Je les rejoins. L'herbe est trempée et traverse mes chaussures trop fines.

« Je croyais que tu t'étais couchée », dit Martha en me serrant le bras. Elle a pris cette drôle de voix trop douce que je lui ai découverte un jour au téléphone, une voix de comédienne, très grave et modulée, qui me donne envie de rire. « Nous avons décidé d'aller voir la tombe de papa. Viens si tu veux, il t'aimait bien. »

Cette dernière phrase est ridicule mais je vais avec elles. Des pénitentes de l'Inquisition, un mini-groupe du Ku Klux Klan, Mardi gras à la Saint-Sylvestre, je crois que je m'enrhume.

« J'ai mis une machine en route après le dîner, le linge s'accumule si vite et, ici, rien ne sèche ! murmure Anne-Solange. Cela n'a pas gêné ton fils pour s'endormir ?

— C'était cela, l'hélicoptère rempli de Martiens ! » dis-je en frissonnant, et elle me regarde, éberluée.

La tombe d'Henri, le père de Martha et de ses sœurs, est située en contrebas du jardin, juste derrière les fils à linge. C'est une petite prairie au-dessus de la mer, entourée de buissons qui forment une ceinture de ronces. Des mûriers lui font de l'ombre l'été. Il est seul à reposer là, il n'y a pas de dalle, juste une croix, des fleurs couchées, des coquillages enfouis dans l'herbe, des offrandes déposées par ses petites-filles. J'aime qu'il soit là, à portée du linge qui sèche, visité constamment.

Marie-Sandra vient tous les jours. Elle était sa fille adorée, sa petite dernière. Je sais qu'elle a arrêté ses études pour lui tenir compagnie, à une époque où sa femme avait d'autres soucis, m'a-t-on dit. Car Mamie, comme sa fille aînée, est de cette sorte d'Amazones qui ont toujours existé, rassurantes et terrifiantes à la fois, impitoyables nourricières, matrones infatigables, tueuses de maris, *with God on their side*, qui savent dédier leurs filles au culte du père. Les Clytemnestre.

Mais ce soir, à cette heure tardive, Mamie s'est endormie, allongée sur le dos, dignement, la tête calée avec soin au milieu de son énorme oreiller, prête à être trouvée morte au matin, comme elle dit toujours.

« C'est une discipline, dit-elle, la plus dure, conserver le sommeil, qui est fait de confiance. »

C'est sa plus grande fierté : s'endormir à son âge en cinq minutes, comme un bébé, après avoir prié pour les siens.

Et sur la tombe invisible, les filles se sont recueillies chacune à leur tour, elles tiennent leur père mort au courant de tout. Elles disent qu'il les conseille et les guide. Martha a un tas d'exemples de décisions qu'elle n'aurait jamais prises sans lui.

La mer gronde, et des nuages passent devant la lune, très vite, les haubans gémissent au large.

Soudain, elles se lèvent, la cérémonie est finie. Je claque des dents. Le besoin de croire, qui caractérise notre fin de siècle, prend parfois des formes pénibles.

« Il a dit qu'il aimait que tu sois là », me murmure Martha, de sa voix spéciale, en glissant son bras sous le mien. Et je me retiens de hausser les épaules.

Les lumières du salon qui étincellent à travers les deux portes-fenêtres ont quelque chose de magique. Comme Hänsel et Gretel veillent sur nos rêves ! me dis-je. Nous apercevons de loin la table, les fauteuils, le lambris des murs, comme une promesse de douceur. Un monde clos, protégé, un nid. Balivernes d'oiseleurs : les nids n'existent pas.

« Qui veut une glace ? » claironne Marie-Sandra. Elle confectionne des coupes de glace à la vanille. Nous nous sommes installées dans la cuisine, comme des gamines. La table s'est couverte de pots de confiture de fraises et de compote de rhubarbe, de charcuteries, de liqueur de cassis, de bouts émiettés de gâteau breton, de cognac et de fromages aux allures de petits pâtés blancs et frais. Nous sommes des ogresses et des jeunes filles. Martha se fait volubile et délicieuse. Nous mangeons avec nos doigts, en parlant fort, et buvons au goulot.

La vanille, malgré sa belle apparence, sa couleur

jaune d'œuf, les petits points noirs qui la parsè-
ment, a un goût de beurre rance. Les sœurs de
Martha rient aux éclats. Je préfère ne rien dire,
enveloppée comme je suis de bienveillance, de joie
de vivre, de chaleur. Je me sens minable et fragile,
pauvre petite asperge grise, au milieu de ce qui
exulte. L'ingratitude ne nous guette-t-elle pas sans
cesse ?

En quelques minutes, la table a été transformée
en terrain vague, notre sauvagerie se lit dans chaque
débris répandu à même le bois. Des miettes grasses
s'incrustent dans les nervures du chêne.

« Depuis que sa mère est morte, Jacqueline va
beaucoup mieux ! remarque Marie-Sandra en reprenant du pâté de lapin, c'est presque toujours
comme ça, finalement. »

Mon esprit s'embrouille à tenter de la suivre,
dans son univers de psychologie-fiction, régi par les
règles simplifiées de l'œdipe non résolu chez la
femme de la fin du XXe siècle. Avec une ombre de
jalousie, la jalousie comique que l'on porte à ceux
qui encombrent l'imagination des proches et que
l'on ne connaît pas, je demande qui est Jacqueline.

Martha éclate de rire.

« C'est une de nos protégées, une pauvre petite
anorexique, trente-cinq ans, l'air d'en avoir alterna-
tivement quinze ou cinquante, très intelligente,
professeur de grec à l'université, que Marie-Sandra

a recueillie à son institut de beauté, il y a quatre ou cinq ans. Je ne sais plus ce qui l'avait poussée là, tellement elle ne voulait pas qu'on la touche. Elles sont intelligentes, mais on peut dire qu'elles ne voient pas le problème ! Une absence de bon sens qui confine à l'idiotie. Elle était dans un état désastreux, une peau totalement déshydratée, décalcifiée, déphosphatée, tu ne peux pas t'imaginer. Je me suis occupée quasiment gratuitement de ses dents. Il a fallu tout lui refaire, elle avait rongé l'ivoire de ses incisives, désintégré ses molaires, une si jolie mâchoire à l'origine ! Mais ce qu'on lui a refait, à mon avis, est encore mieux. Marie-Sandra l'a convaincue de se faire faire quelques injections de collagène, à cause de ses rides prématurées, et elle s'est mise à la natation. Avec la mort de sa mère, tu vois, on peut tout espérer. »

Anne-Solange, qu'on entend peu en général, dit d'une voix légèrement égrillarde.

« Il ne manque plus qu'un fiancé ! »

Marie-Sandra baisse les yeux avec modestie sur sa tartine.

« C'est vrai, Jacqueline est une vraie réussite qui fait plaisir.

— Vous en avez beaucoup, des patientes de ce genre ? » dis-je assez intéressée, avec un vague battement de cœur.

On entend des hurlements. Moira, Minna et Melissa se sont réveillées.

Anne-Solange et Catherine se précipitent. Il est presque deux heures du matin.

« Tu viens, on va vider la machine de linge ! me propose Martha, de sa voix angélique. Cela fera plaisir à Anne-Solange.

— C'est cela, dis-je, perplexe, comme si nous étions les petits nains du cordonnier, tu te souviens, ils font son travail la nuit, et chaque jour, il s'éveille émerveillé. »

Je ne suis pas convaincue d'avoir l'énergie nécessaire pour une carrière de nain. Le vrombissement d'hélicoptère s'est tu. C'est sans doute pour cette raison que les bébés se sont réveillés.

La buanderie est une ancienne salle de bains désaffectée, remplie de bacs à linge, de paquets de lessive à moitié vides, d'arrosoirs en plastique de toutes tailles et de toutes les couleurs, de chiffons innommables, de poubelles en osier remplies de serpillières définitivement trempées, de deux sacs de linge sale débordants, le tout sableux et collant. Martha m'ouvre le hublot de la machine à laver, et je me retrouve à quatre pattes, furieuse et impuissante, en train de sortir des couches en coton, des slips en nylon, des chemisiers en rayonne, des grenouillères et des quantités astronomiques de chaussettes.

Ça sent horriblement le vomi. Je ne sais pas si cela vient de mon esprit dérangé, de la machine, des murs ou d'ailleurs.

« Il y a une odeur bizarre, dis-je prudemment à Martha. Il faut peut-être relaver les grenouillères.

— Ne t'inquiète pas, c'est normal. C'est la pièce qui sent comme ça, l'odeur ne reste pas sur les vêtements, elle part au séchage. Ça a toujours été comme ça, la buanderie sent le vomi et la voiture sent la pisse de chat. Il n'y a rien à faire. Pas être trop sensible, c'est tout. »

Elle m'embrasse, me serre dans ses bras. Je remarque les rides de son cou.

« On n'a pas eu le temps de se parler. Mais j'ai beaucoup pensé à toi, ces temps-ci. Eugenio t'empêche de vivre. Et toi, tu lui fais du mal. » Martha a pris sa voix d'actrice. « Regarde tes poignets, je pourrais les briser d'un seul doigt. J'ai compris ce qui se passait quand tu m'as dit que tu ne voulais jamais plus toucher à un pinceau, que tu ne croyais plus à ton talent, que c'était absurde et trop fatigant. J'ai compris que ce que j'avais longtemps pris pour une rupture, sans doute nécessaire, avec un succès qui avait été trop brutal, était quelque chose de plus grave, d'inacceptable. J'ai su qu'il fallait intervenir. Tu as tellement changé. Ton fils est si difficile, et toi tellement fragile. »

Je voudrais me laver les mains, j'ai cette odeur

tenace de vomi sur les mains, une odeur fétide. Comme une manifestation gênante de quelque chose que je voudrais cacher.

10

Le lendemain matin, Eugenio n'était pas dans son lit, et la maison était silencieuse.

Il faisait beau, j'étais seule. Sur la table de la cuisine, il y avait un mot : À tout à l'heure. Signé : tout le monde.

Je suis descendue sur le port prendre un café. Le chemin sentait bon, chaque caillou me rappelait quelque chose, j'avais le cœur léger. Soleil, café, journal, laisser l'esprit vagabonder, regarder les passants, regarder les thoniers vider leur cargaison salée, là-bas au bout du môle, écouter les voisins, comme ça pour rire. Allumer une cigarette. Je rêvais mon bonheur, une femme seule, sourire aux lèvres, tranquille, l'âme aussi claire que le ciel, moi, forte et tranquille. Libre, libre, libre. J'ai ouvert le journal. Il y avait une double page sur la reine d'Angleterre. Les secrets de trente ans de monarchie. Je l'ai découpée pour Eugenio.

« Regardez Charles ! » J'ai sursauté. Le jeune

Charles — rien à voir avec le prince malheureux — était une petite boule obtuse, aux oreilles rabattues de chaque côté du crâne. Il faisait un slalom entre les tables, en poussant des grognements de pittbull.

« C'est le portrait physique de son père, mais moralement, c'est tout à fait moi ! » a dit une grosse dame emmitouflée.

Et je me suis tout à fait réveillée.

J'ai pensé à la journée que nous allions avoir, j'y ai pensé avec enthousiasme. Il faut que je m'occupe plus d'Eugenio, me suis-je dit. Nous pourrions aller à marée basse dans les rochers derrière la digue. Il y a des crabes. Je lui montrerai comment on les attrape. Peut-être trouverons-nous d'autres bêtes.

Ce que j'aimerais faire, ce serait une sorte de tableau comme nous en fabriquions autrefois, nous appelions cela un trésor de mer. C'est un poème de Prévert qui nous en avait donné l'idée : *Pour faire le portrait d'un oiseau*. Il fallait des crabes de plusieurs tailles, et les faire sécher quand ils étaient morts. Ensuite nous les peignions, comme des masques, des paysages, des figures géométriques, des visages aussi. Il fallait faire un fond : sur une feuille de papier immense, parfois sur une vraie toile ou sur une plaque de plâtre, nous collions de vraies algues, des coquillages peints, des graviers. On collait les crabes et les étoiles de mer.

Eugenio devrait aimer cela. C'est assez proche du

labyrinthe dans la moquette, nos petits Chants des Pistes. Il faudra expliquer à Martha que c'est ainsi que s'est transmuée ma passion de peindre. Qu'elle ne doit plus regretter les expositions de jadis, les soirées qu'elle m'organisait, ma carrière bousillée en plein vol. Comme elle me l'a dit d'un ton sévère : « Comprends donc, Nouk, et sinon il faudra employer les grands moyens, comprends donc que tu n'as simplement pas le droit. »

Mais à quoi bon l'art, si ce n'est pas la vie, s'il la vole et ne lui rend rien ? Mes espoirs renaissent, brindilles. Une autre peinture plus vraie que la peinture, plus simple, sans effets de pinceau, modeste et technique, et faite avec le cœur, qui modifierait notre vision des choses les plus quelconques, des êtres les plus anonymes, qui nommerait vraiment.

Soudain, les mots m'écœurent, je cherche la mer des yeux.

De loin, j'aperçois la cabine, un petit rectangle lunaire au bout du quai. Justement, à l'intérieur, Martha téléphone. Mon cœur s'est serré. Comme si sa manie me menaçait, *Mind your own business*, me dis-je avec sévérité. J'ai l'impression soudain que le café a un goût. Je manque d'air, le ciel est devenu presque noir.

Je sors en espérant qu'elle ne m'a pas vue.

Au bout du môle, tout près du phare, un homme et un enfant marchent. Je les vois flous, à cause du crachin qui s'est mis à tomber, à cause du ciel bas. L'homme et le garçonnet descendent les marches qui mènent à la petite plage et ils s'éloignent vers le rivage. Ils se tiennent par la main. Maintenant, ils courent, et l'homme prend l'enfant sur ses épaules, il le fait tourner, il le jette à terre. De loin, j'entends leurs rires. Ils jouent.

Les hommes et les petits garçons, nous n'avons rien à voir là-dedans, ce sont des moments qui nous échappent et que je ne connaîtrai jamais, me dis-je, j'en suis sûre.

Une légèreté.

Je me suis mise à marcher dans leur direction.

Je descends les marches qui conduisent à la plage. Je comprends soudain qu'il s'agit d'Eugenio et de son père. Je vois qu'il s'agit d'Eugenio et de son père. Eux, ils ne me voient pas.

Je m'approche et je dis : « Si on allait voir le thonier ?

— Tu pourrais me dire bonjour », dit l'homme que je ne connais plus, et je dis bonjour car il n'y a aucune raison de ne pas le faire.

Les marins du thonier *La Stridente* sont accueillants. Ils nous font visiter. La soute est rouge de rouille, les odeurs sont suffocantes. Eugenio fouine

dans tous les coins. Il pousse des cris. Sur un pont
supérieur, il a trouvé une cuve remplie de tortues
géantes. Elles ont été réveillées par ses hurlements,
elles montent les unes sur les autres pour se faire
une idée de la situation. Un des marins nous
rejoint, il attrape l'une des tortues au filet et la
retourne. Sa carapace ventrale blanche comme une
armure divine est entièrement tatouée de dessins à
la plume, de hiéroglyphes magnifiques, d'idéo-
grammes chinois.

« Elle a peut-être mille ans ! dit l'homme. Je ne la
montre jamais. Le petit garçon a besoin de voir ça,
c'est pourquoi, à lui, je lui donne ce souvenir. La
tortue dit : Tu ne dois rien à personne. Va sur la
mer, n'aie jamais peur. » Il caresse le ventre blanc,
pose un baiser sur un tatouage spécial, la retourne
et la reverse dans sa cuve. « *Ciao* beauté. Est-ce que
tu aimes les oiseaux, mon gars ? »

Eugenio ne répond pas. Il regarde l'homme et
c'est tout.

Le marin a disparu dans la cale, il revient avec
une petite cage en forme de temple. « C'est deux
rossignols, dit-il. Les rossignols, tu sais, comme en
avait l'empereur de Chine. Mais ceux-ci n'ont pas
les yeux crevés et ils chantent quand même. » Il
devient un peu rêveur. « Peut-être chantent-ils un
peu moins bien, comment savoir ? »

« La reine d'Angleterre aussi, elle a une collection d'oiseaux, déclare alors Eugenio fièrement. Avec des rossignols, je les ai vus à la télé, les mêmes, des centaines. C'est comme sa collection de tableaux, des dessins de Léonard de Vinci, des Vierges à l'enfant, des études de lapins, des robes de princesse en tissu qui gratte, des sainte Anne, des anges, des squelettes, des jambes d'homme, des machines bizarres, des passereaux, des Stabat Mater Dolorosa. Elle en a au moins six cents. Elle a de tout, dans ses châteaux, des milliers de gravures, des...

— Je ne m'intéresse pas à la peinture des musées, dit le marin. Excuse-moi. Et la reine me débecte sincèrement. J'ai mes raisons personnelles, et elles ne regardent personne. Prends les rossignols, mon garçon, ils t'apprendront deux ou trois petits trucs, et ils sont pour toi. »

Il nous a ramenés à la passerelle. Nous sommes remontés à la maison. Eugenio balançait sa cage.

Martha m'a tout de suite entraînée à la cuisine. Elle avait son air des grands jours.

« Je ne croyais pas que cela se passerait comme ça ! a-t-elle dit. Ton mari devait arriver pour le déjeuner. Te faire une surprise. Vous ne vous êtes pas vus depuis si longtemps. Je crois que son fils lui manquait trop, et puis il se remarie, tu sais, avec une jeune psychiatre très brillante. Il aimerait offrir

un vrai foyer à votre petit garçon. Quand il est venu m'en parler, j'ai pensé que c'était une bonne solution pour tout le monde. D'ailleurs, quand il a expliqué les choses à Eugenio, je l'ai trouvé formidable, tellement sensible et subtil. Il lui a dit : " Tu as le choix, Eugenio. C'est toi qui choisis. " Eugenio a tout de suite parlé de toi. Il a dit : " Et maman, qu'est-ce qu'elle pense ? " Et nous lui avons expliqué que tu avais renoncé à beaucoup de choses pour lui. Que tu étais fragile et que tu avais besoin de peindre pour ton équilibre. Il a dit qu'il était d'accord. Et puis, un garçon de cet âge a besoin de la compagnie des hommes. Tu sais ce qu'ils deviennent, quand nous les gardons dans nos jupes. Tu n'aimerais pas avoir un fils *drag queen* ! Les Romains et les Grecs arrachaient les petits garçons à leur mère le jour de leurs sept ans.

— Et ça changeait quoi ? dis-je. Ils n'avaient pas de *drag queens*, les Grecs et les Romains ? »

Je ne comprends plus rien. Martha a toujours professé une admiration sans bornes pour les homosexuels, leur courage, leur pouvoir de subversion. Tous les grands écrivains, me dit-elle toujours. Les peintres. L'art.

Je n'avais jamais envisagé qu'elle ne crût pas à ce qu'elle disait. Qu'elle soit du côté de la famille, des gens normaux. Qu'elle s'imagine savoir quoi que ce soit sur les raisons qui font d'un être humain ce qu'il est.

Qu'elle puisse avoir un jour ce pouvoir sur ma vie, ni qu'elle puisse en user.

Je la regarde avec dégoût.

« Comment peux-tu avoir la moindre idée de ce que va devenir mon fils ? Qu'est-ce que ça peut te faire ? Tu ne l'aimes même pas. »

Martha est installée mentalement sur son haut cheval. Elle me toise et me bouscule de sa longue pique.

« Et son père, sais-tu combien il souffre ?

— Non, je ne sais pas. Qui peut savoir ce genre de choses ? »

L'image d'Eugenio sur les épaules de son père obstrue mes yeux.

Quelque chose a eu lieu. A peut-être déjà eu lieu cent fois. Ou dix mille.

Quelque chose qu'il faut accepter sans le moindre cri, sans faire de bruit, ni déranger quoi que ce soit. Pour que tout reste intact. Pour plus tard.

Au salon, devant le feu, Eugenio et son père observent les rossignols.

Dans la réalité, c'est de la joie que surgit le chagrin, me dis-je, et de tout cela naît une inquiétude mortelle. Que va devenir notre maison ? me dis-je, le petit tableau vert, Adam, et le chemin tracé au ciseau dans notre moquette, nos puzzles, et le rideau rouge. Perdus à jamais.

Je ne sais pas comment je vais faire. Parfois, on ne voit plus rien devant soi.

Il n'y a plus aucun dessin de route, ni de chemin. Absolument rien.

Je descends à la plage, je prends le vieux chemin, je marche vers l'eau, des cailloux dans les poches. Qui disait cela : des cailloux dans les poches ? C'est idiot, ces histoires-là, il ne se passe rien, rien de spécial, vraiment rien, l'eau n'a jamais été si grise.

Il est impossible de peindre un pareil gris.

BUSSIÈRE CAMEDAN IMPRIMERIES À SAINT-AMAND (4-98)
DÉPÔT LÉGAL : JANVIER 1998. N° 32295-2 (982051/1)